Artur Kilian Vogel – Sirenengesang

FSC
www.fsc.org
MIX
Papier | Fördert gute Waldnutzung
FSC® C083411

1. Auflage 2023

Der Cameo Verlag wird vom Bundesamt für Kultur für die Jahre 2021–2024 unterstützt.

Lektorat: Susanne Schulten, Duisburg
Umschlaggestaltung, Layout und Satz: Cameo Verlag GmbH, Bern
Druck und Bindung: CPI books GmbH, Leck
ISBN: 978-3-03951-032-0

Printed in Germany

ARTUR KILIAN

VOGEL

SIRENENGESANG

KRIMINALROMAN

CAMEO

Every breath you take
And every move you make
Every bond you break
Every step you take
I'll be watching you

Sting, The Police

Ich hörte auf, nach dir zu sehen
Ich hörte auf, auf dich zu warten
Ich hörte auf, für dich zu sterben
Und fing an, es für mich selbst zu tun

Leonard Cohen

1

Ein Mann und eine Frau setzen sich an den Nebentisch. Es ist Viertel vor acht. Draußen hat die Nacht ihre feuchtschwarzen Tücher über die Stadt gebreitet. Verstohlen beobachte ich das Paar. Er sitzt mit dem Rücken zu mir, sie mir schräg gegenüber.

Wie wenn sie mit einer frischen Farbe den Frühling heraufbeschwören wollte, den sie sich herbeisehnt, trägt die Frau ein lindengrünes, beinahe bis zum Boden reichendes Seidenkleid. Darunter lugen dunkelbraune Stiefel mit dicken Sohlen hervor, die an den Winter erinnern, der erst vor kurzem einem nasskalten Vorfrühling gewichen ist. Der Ausschnitt ihres Kleides verbirgt sich unter einem wärmenden grünen Schal mit verschlungenem roten Paisley-Muster. Erst viel später, als es schon Sommer ist, werde ich wissen, dass ihre Haut mit Sommersprossen gesprenkelt ist. Sie hat sich für den Abend sorgfältig zurecht gemacht.

Vielleicht treffen sich die beiden zum ersten Rendezvous. Haben sie sich auf einer Dating-Plattform im Internet kennengelernt? Sind sie verlobt, seit kurzem verheiratet, befreundet? Schlafen sie miteinander? Noch nicht? Nicht mehr? Hat er sie am Arbeitsplatz aufgescheucht und zu einem Essen überredet? Befinden sie sich noch im Stadium der Hoffnung, schon im Stadium der Erkenntnis oder jenem dritten der Ernüchterung, das zur Trennung oder zu einem Zustand der andauernden Unzufriedenheit und des steten unterschwelligen Zwistes führt, den viele Paare hartnäckig austragen, *bis dass der Tod euch scheidet*?

Ich habe nicht viel Umgang mit Frauen und wenig Erfahrungen. Seit der Geschichte mit Kathy vor einigen Jahren bin ich allein. *Single* nennt man den Zustand verniedlichend, wenn du auf der Suche bist und nicht findest, Sehnsüchte hast, die nie gestillt werden, wenn du verzweifelst ob deiner Unfähigkeit, Beziehungen zu knüpfen und aufrecht zu erhalten. *Single* ist einer jener Ausdrücke, mit denen wir unerfreuliche Umstände schönreden wie mit *Best Age* das Altwerden.

Rötlichblonde Locken stürzen geschmeidig über ihre Schultern. Manchmal wirft sie die Mähne mit einer energischen Kopfbewegung zurück. Sie hat hellroten Lippenstift aufgetragen und die Fingernägel in derselben Farbe lackiert. Männer mustern sie über die Tischdekorationen hinweg. Sie verbergen ihre begehrlichen Blicke, um sie vor ihren Begleiterinnen zu verschleiern.

Die beiden haben beim Kellner, der eine schwarze Hose, ein weißes Hemd und darüber eine schwarze Schürze mit dem goldenen, aufgestickten Logo des Lokals trägt, ihr Essen bestellt. Zuvor hatten sie lange in der Speisekarte geblättert.

Regen klatscht gegen das große Fenster. Als verwischte Schatten rauschen Autos vorbei. Ihre Lichter tanzen über die regennasse Straße. Eilige Passanten kämpfen mit aufgespannten Schirmen gegen den kalten Märzenwind an. Die einen, die von rechts nach links durch das Bild laufen, sind nach vorne gebeugt wie angreifende Stiere und tragen ihre Schirme wie Waffen vor sich her. Die andern, die von links nach rechts eilen, sind etwas zurückgelehnt, lassen sich vom Wind treiben und halten die Schirme dicht über den Hinterköpfen, damit diese nicht vom Wind zerzaust werden.

Das Fenster nimmt wie das Schaufenster eines altmodischen Kaufhauses fast die ganze Breite der einen Wand ein. Drei weiße horizontale Sprossen und zwölf vertikale teilen es in zweiundfünfzig Abschnitte. Ich habe nachgezählt. Ich bin allein, als einziger in diesem Lokal sitze ich allein an einem runden Tischchen mit einem verzierten Fuß aus Gusseisen zwischen Paaren und kleinen Gruppen an größeren Tischen und habe Zeit zum Zählen. Alle Fensterausschnitte sind rechteckig außer je dreien links oben und rechts oben, die abgerundet sind.

Ich stelle mir Schaufensterpuppen auf dem breiten Sims dieses Fensters vor. Puppen, in elegante Kleider aus früheren Epochen gehüllt. Wattierte Oberteile, Rüschenröcke, schmale, von Korsagen zusammengehaltene Taillen für die Frauen und Fräcke, Zylinder, gestreifte Hosen und plissierte Hemden mit sorgfältig geknoteten Halsbindern für die Männer. Das Fenster ist mit zwei Sträußen von weißen und rosaroten Christrosen in geschliffenen Kristallvasen und, zwischen ihnen, mit einem mächtigen silbernen Leuchter mit neun roten Kerzen geschmückt. Von oben werden die Blumen indirekt mit weichem, fast gelbem Licht geflutet, das im Kristall der Vasen vielfach gebrochen wird.

Der Kellner hat sich von dem Paar abgewandt. Er gibt in der Küche die Bestellung auf. Der Mann hat sein Mobiltelefon aus der Innentasche der Jacke hervorgeholt. Er tippt darauf mit beiden Daumen wie ein Teenager. Die Tische sind mit weißen Tischdecken belegt; Messer, Gabeln, Löffel flankieren kunstvoll gefaltete weiße Servietten. Gläser für Wasser, Weißwein und Rotwein stehen an jedem Platz und eine Kerze in einem weißen Porzellankerzenständer und ein weißes Porzellanblumengefäß mit Trockenblumen in der Tischmitte.

Ich mag das Lokal wegen des erleuchteten, dekorierten Fensters. Hinter diesem Fenster fühle ich mich geborgen. Es führt mir die unwirtliche Außenwelt vor Augen und schirmt mich doch von ihr ab. Am Fenster stehen Vierer- und Sechsertische; die Zweiertische befinden sich in der Raummitte; zwei einsame, runde Einzeltische stehen vor dem rotsamtenen Vorhang. Dieser verbirgt eine Treppe, die hinunter zu den Toiletten führt. Ich sitze direkt vor dem Vorhang, weißes Polohemd vor dunkelrotem Hintergrund, und habe mir oft ausgenalt, wie es wäre, wenn eine einsame, attraktive Frau am Nebentisch säße und ich mit ihr ins Gespräch käme, was unwahrscheinlich ist, denn Frauen gegenüber bin ich gehemmt.

Dass ich an der Rückwand vor dem Vorhang sitze, ist gut. So kann ich den Raum überblicken. Säße ich mittendrin, fühlte ich mich unwohl. Ich spürte stets einen Bereich dieses Raumes bedrohlich in meinem Rücken, von mir nicht einsehbar und nicht kontrollierbar. Indem ich ganz hinten sitze, dort, wo der Vorhang den Raum abschließt, habe ich das ganze Lokal im Blick. Ich liebe es zu beobachten und hasse es, beobachtet zu werden.

Der Besuch des Lokals mit dem großen Kaufhausfenster jeden Donnerstagabend um halb acht gibt meinen Wochen eine Struktur. Die Mahlzeit, die ich mir hier auftragen lasse, ist der einzige Luxus, den ich mir leiste. Die einzige Abwechslung, sieht man einmal von den Computerspielen ab. Ich besitze kein Auto, nur eine Vespa, mit der ich manchmal nachts durch die Gegend fahre, wenn ich keinen Schlaf finde. Ich habe keine Frau, keine Kinder, keine Freunde, nicht einmal einen Hund oder eine Katze oder einen Kanarienvogel. Mir gehören keine teuren Kleider oder Schuhe.

Ich lebe in einer Zweieinhalbzimmerwohnung mit einer offenen Küche, einer Dusche, einem Schlafzimmer mit einem schmalen Bett und einem halbvollen Kleiderschrank sowie mit einem großen Wohnraum. Dort befinden sich ein Sofa, ein Tisch mit zwei Stühlen, eine Ständerlampe, ein Drehstuhl am Pult, auf dem zwei große Bildschirme fast den ganzen Platz einnehmen. Dazu viele Bücher in billigen Bücherregalen aus weiß verkleideten Spanplatten. Aber seit langem lese ich keine Bücher mehr. Die wichtigste Einrichtung in meiner Wohnung ist eine schnelle, leistungsstarke Internetverbindung. Ich mache keine Ferien und verreise nie. Mein Leben besteht aus Arbeit, Computerspielen, Beobachtungen, Fahrten mit der Vespa und diesem einen Abstecher ins Restaurant jeden Donnerstag.

In Rinnsalen läuft das Regenwasser die Scheibe herunter, silbern glänzend im gedämpften, indirekten Licht der unsichtbaren Lampen und im Schein der Kerzen. Sie flackern, wenn Manolis Kakogiannis, der Inhaber des Lokals, die Türe öffnet und neue Gäste eintreten lässt, vor denen er Verrenkungen vollführt, die Verbeugungen andeuten sollen.

Der Mann am Nebentisch trägt einen dunkelgrauen, fast schwarzen Anzug, ein weißes Hemd, eine dunkelrot schimmernde Seidenkrawatte und im Veston ein Einstecktuch in der Krawattenfarbe. Er benimmt sich wie jemand, der sich seiner Bedeutung bewusst ist, und der von den Umstehenden erwartet, dass sie diese Bedeutung wahrnehmen. Ich schätze ihn auf etwa fünfundvierzig, wenig jünger als ich. Ein Advokat? Ein Banker? Ein Bestattungsunternehmer? Wer trägt heute noch dunkle Anzüge mit weißen Hemden, Krawatten und Einstecktüchern? Er starrt auf sein Telefon und tippt; sie blickt um sich. Sie sind zu zweit, aber sie sind kein Paar. Nach wenigen Minuten der Beobachtung ziehe ich diesen Schluss. Sie haben unterschiedliche Ansprüche ans Leben. Sie giert nach Liebe; er schmückt sich mit ihr.

Der Mann steht auf, das Telefon am Ohr, geht an mir vorbei hinter den Vorhang, von wo man seine Stimme hört, die mal laut wird und mal zu einem Flüstern verebbt. Er trägt einen sorgfältig gestutzten dunklen Bart mit scharf ausrasierten Konturen.

Ich weiß, was Einsamkeit bedeutet. Seit ich gezwungen bin, zu Hause zu arbeiten, um die Ansteckungsgefahr in den Büros zu bannen, treffe ich niemanden mehr. Ich komme einmal die Woche in dieses Lokal, donnerstags, und trage die Wocheneinkäufe in Papiertüten mit mir. Anfänglich schämte ich mich. Ein nicht sehr sorgfältig gekleideter, etwas übergewichtiger fünfzigjähriger Mann in weißem Poloshirt, schwarzen Jeans und einer Armeejacke, wenn es draußen kalt ist, mit vollgepackten Supermarkttüten in einem solchen Restaurant ...

Das Lokal trägt die Verlockung im Namen: *Sirenengesang*. Früher befand sich eine Pizzeria in diesen Räumlichkeiten. Sie hieß *Dolce Vita*. Noch früher, als Quartierläden noch nicht von Supermarktketten verdrängt waren, wurden hier *Früchte, Gemüse, Colonialwaren* verkauft. Niemals hätte ich eine Pizzeria namens *Dolce Vita* betreten oder *Carpe Diem* oder *Bella Napoli*. Aber *Sirenengesang*! Diesem entkommt man nicht, außer man ließe sich wie Odysseus an einen Schiffmasten fesseln.

Inzwischen kennt mich der Kellner, ein alter Italiener mit sonnengegerbtem Gesicht und langen grauen Haaren, die er am Hinterkopf nach neuester Mode zu einem Dutt verknotet hat, und der nach vierzig Jahren in unserem Land noch immer mit den Tücken unserer Sprache kämpft. Die jüngere Serviererin vom Balkan, eine adrette Frau mit blondierten Haaren und einem dunklen Scheitel, der die originale Haarfarbe verrät, kennt mich auch und zwinkert mir manchmal kumpelhaft zu. Ich muss meinen Tisch nie reservieren, bekomme ihn stets automatisch zugewiesen, immer denselben. Da ich jedes Mal das gleiche esse – einen Saisonsalat mit italienischem Dressing und Garnelen zur Vorspeise und danach Kalbsleber an einer Zwiebelsauce mit Röstkartoffeln –, fragen sie mich nicht mehr nach meinen Wünschen, sondern erfüllen diese stillschweigend. Sie haben mich auch stillschweigend in den Kreis ihrer Stammgäste aufgenommen, obwohl ich nicht in dieses Lokal passe, wie ich überhaupt nirgendwo hinpasse, wenn ich es mir überlege. Ein Glas Riesling und ein halber Liter Mineralwasser mit Kohlensäure zu Beginn; mit der Leber und den Kartoffeln ein Glas Merlot und später noch eines. Danach ein Espresso ohne Zucker, mit wenig Milch, und ein Grappa.

Manolis Kakogiannis, der eigentlich ein kleiner, schmächtiger Mann ist, vergrößert seine Erscheinung mit einem üppig wuchernden Haarschopf wie Mikis Theodorakis in jungen Jahren. Er begrüßt mich immer überschwänglich. Er hatte das Lokal zwei Monate lang geführt, als es von den Behörden geschlossen wurde. Pandemie! Zwei Jahre lang ging es mit dem *Sirenengesang* auf und ab wie mit dem Schiff von Odysseus zwischen Skylla und Charybdis. Ein rauer Wellengang wie für alle Gastronomiebetriebe: monatelang geschlossen; nur mit strikten Auflagen wie Maskenpflicht, Zertifikatspflicht, Minimalabständen und Plexiglaswänden zwischen den Tischen wieder geöffnet; nur die Terrasse bewirtschaftet. Und so weiter. «Die totale Verunsicherung», seufzte Manolis. Erst seit wenigen Wochen darf der *Sirenengesang* wieder normal wirtschaften, Tische in normalem Abstand zueinander aufstellen und Gäste ohne Maske und ohne Impfzertifikat empfangen. Jeder ist willkommen. Manolis muss zwei verlorene Jahre aufholen. Viele wagen sich noch nicht in öffentliche Räume. Man hat ihnen Angst vor der Krankheit eingejagt.

«Entschuldigunge», sagt der Kellner, «wir eute aben kein Kalbsleberli.» Ich bin irritiert. Wieso keine Leber? Es gibt immer Leber am Donnerstag. Nichts esse ich lieber als Leber. Was soll ich wählen? Die Wahl eines anderen Hauptganges überfordert mich. Ich werde wütend und schnauze den Italiener an: «Was heißt das, keine Leber?»

Er steht verdutzt vor mir.

«Sie wissen doch, dass ich jeden Donnerstagabend …», knurre ich. Er zuckt mit den Schultern. Das erzürnt mich noch mehr. Ich spüre, wie mein innerer Vulkan zu brodeln beginnt. Ich nenne ihn meinen Eyjafjallajökull. Wenn das erste Magma zäh über den Kraterrand fließt, kenne ich kein Halten mehr. Seine Eruption lässt auch mich explodieren. Am liebsten würde ich aufspringen und den Kellner würgen. Er steht noch immer verlegen vor meinem Tisch. Mit Mühe halte ich mich zurück.

Wenn ich sage, ich hätte wenig Umgang mit Frauen, so heißt das nicht, dass ich völlig unerfahren wäre. Ich habe eine Freundin gehabt vor einigen Jahren. «Partnerin» wäre der falsche Ausdruck für unsere Beziehung gewesen, denn es fehlten die konkreten Projekte. Sie war die Einzige, die in mir den Wunsch nach mehr als einer flüchtigen Begegnung weckte. Sie hieß Katharina, nannte sich als Kind «Käthi» und später «Kathy». Wir hatten ein gutes Verhältnis zueinander, wirklich. Kathy glaubte an offene Beziehungen, wie sie damals gerade in Mode waren. Sie war in unserer Zeit auch mit anderen Männern zusammen. Sie verheimlichte mir nichts. «Ehrlichkeit ist das Fundament jeder Beziehung.»

Wäre sie still und heimlich fremdgegangen, hinter meinem Rücken, wären ihre Affären erträglicher gewesen. Meinerseits hätte ich ihr nicht vom Fremdgehen erzählt, wenn ich denn fremdgegangen wäre. Sie hingegen ging zu weit, wirklich! Sie schilderte mir Einzelheiten dieser Begegnungen. Nicht nur ihre Eskapaden befriedigten sie, auch das Erzählen. Frauen können grausam sein, und ich denke, Kathy machte es Spaß, mich leiden zu sehen. Treue sei spießig, meinte sie. Man könne mehrere Menschen gleichzeitig lieben oder mindestens begehren. «Wenn es nicht so wäre, hätte kein einziger Roman der Weltliteratur geschrieben werden können.»

Wie sie mit diesem oder jenem Mann am Wochenende in den Süden gefahren war, beschrieb sie in allen Details. Wie sie in einem Fünfsternehotel genächtigt hatten mit einem großen Park mit Palmen und Skulpturen und Liegestühlen auf der riesigen Rasenfläche zum See hin. Wie es aufregend und anders gewesen war und sie am nächsten Tag im Spa sich erholten und entspannten und danach im See schwammen.

Anders als was?, fragte ich mich und gab mir selbst die Antwort: *Anders als mit mir. Wenn sie mich vergleicht*, sagte ich mir, *dann ziehe ich den Kürzeren. Ich bin nicht attraktiv, nicht witzig und im Bett keine Kanone.* (Wenn ich mich richtig erinnere, sprach sie nicht von *Kanonen*, sondern von *Granaten*. Egal. Ich bin auch keine Granate.) Mich zappeln zu lassen, schien sie zu stimulieren. Manchmal näherte sie sich mir in solchen Momenten augenaufschlagend und schnurrend wie ein kleines Raubtier. Aber ich war jeweils wie gelähmt und unfähig, mich von ihr verführen zu lassen.

Ich liebte sie wirklich. Kathy. Nein. *Lieben* ist eine unpräzise Wortwahl. *Lieben* benutzt man für alle möglichen flatterhaften Gefühlsregungen und Aggregatszustände gegenseitiger - oder auch einseitiger - Zuwendung. Ich war von ihr besessen. Ich stand unter ihrem Bann. All meine Sinne waren wie Peilantennen auf sie ausgerichtet. Ich wollte sie verlassen, weil sie mich verletzte, weil mich Gedanken an die anderen Männer, mit denen sie sich vergnügte, innerlich beben ließen. Gleichzeitig verkrampfte sich mein Magen, und ich spürte, wie eine Migräne in meinen Kopf zu hämmern begann, wenn ich daran dachte, dass sie sich von mir abwenden könnte. Mehr als vor allem anderen hatte ich Angst, sie zu verlieren. Wenn ich mir vorstellte, wie sie unter einem anderen Mann lag, wie sie stöhnte, wenn er in sie eindrang, konnte ich mich kaum kontrollieren. Mein Eyjafjallajökull spie Lava. Eifersucht war verpönt. Sie galt als kleinbürgerliche Attitüde, die man zu unterdrücken hatte. Ich war eifersüchtig.

Der Mann ist zurück am Tisch. Ich habe, während er hinter dem Vorhang telefonierte, erfolglos versucht, die Frau im lindengrünen Kleid auf mich aufmerksam zu machen. Manchmal denke ich, dass ich unsichtbar bin. Unsichtbarkeit hilft, wenn ich beobachte. Wenn ich jemanden beschatte. Wenn ich im Schatten hinter ihm herschleiche. Unsichtbarkeit ruiniert aber das Selbstbewusstsein, wenn ich Aufmerksamkeit erhaschen möchte und übersehen werde.

Der Kellner hat auf einem silbernen Tablett ein Bier zum Tisch der beiden balanciert, das der Mann jetzt vor sich stehen hat, und einen langstieligen Kelch mit Champagner für die Frau. Wie abwesend haben sie einander zugeprostet. Die zwei habe ich hier noch nie gesehen. Manolis tritt an ihren Tisch. Sie reden über die Pandemie und die Ukraine, von Russland vor wenigen Wochen überfallen. Aber ich bekomme nur Satzfetzen mit. Im Lokal wird geschwatzt. Im Hintergrund plätschert ein Violinkonzert von Mozart ab Band. Später werde ich Manolis unauffällig fragen, ob er das Paar kenne. Er wird die Frage verneinen.

Bevor ich aus dem Haus gehe, dusche ich und ziehe ein frisches Polohemd über. Alle meine T-Shirts und Polohemden sind weiß oder schwarz, alle meine Hosen und Pullover und das Sakko sind schwarz und die wenigen Hemden, die ich besitze, weiß. Nur die Armeejacke ist feldgrau. Zwei Paar schwarze Schuhe stehen in meinem Schuhregal, zudem schwarz-weiße Turnschuhe und weiße Sneakers, die ich von Zeit zu Zeit in die Waschmaschine stecke, wenn sie verdreckt sind. So muss ich nie überlegen, was zusammenpasst. Ich kann blind in den Schrank greifen und mich blind anziehen.

Jeden zweiten Mittwoch kommt eine alte Portugiesin, putzt meine Wohnung und bügelt die Poloshirts, die Bettwäsche und die Hemden. Das ist die zweite Regelmäßigkeit in meinem Leben. Ich halte die Füße aufs Pult, damit sie unter mir staubsaugen kann. Sie meckert in einem fort halblaut vor sich hin. Doch ich verstehe kein Portugiesisch und schenke ihr keine Aufmerksamkeit. Sie heißt Caridade. Das bedeutet *Nächstenliebe*. Caridade liebt mich nicht. Ich liebe sie auch nicht. Ohne sie würde ich vergammeln.

Außer donnerstags dusche ich mich manchmal die ganze Woche nicht. Wozu? Mit den Kollegen und den wenigen Kolleginnen sowie mit Kunden verkehre ich über eine Konferenzschaltung, oder ich schalte mich direkt in ihre Systeme ein. Ich ziehe mein schwarzes Sakko über das Shirt und gucke professionell in die Kamera. Ob ich vom Gürtel abwärts nackt bin, in Pyjamahosen stecke oder in Boxershorts, spielt keine Rolle. Bei Konferenzschaltungen existiert man nur bis zur Pultkante; was darunter ist, bleibt verborgen.

Dass ich geimpft bin, seit Dezember sogar dreimal, dass ich mich zum Impfen durchgerungen habe, obwohl ich diesen wenig erprobten Impfstoffen gegenüber eine gewisse Skepsis entwickelt habe, spielt keine Rolle. Sie wollen mich trotzdem nicht am Arbeitsplatz sehen, nicht einmal mit Maske. Knellwolf, mein Vorgesetzter, hat ein Instrument, dank dem er meine *Performance* im *Home Office* messen kann. Das hat mir seine Assistentin verraten. Meine Leistung messen können sie; riechen können sie mich am Bildschirm nicht. Sie konnten mich auch früher nicht riechen, als ich noch physisch vorhanden war in den Büros, und gingen mir aus dem Weg, wenn wir uns beim Kaffeeautomaten trafen, der eine wässerige Lösung in die Kartonbecher tropfen ließ. Knellwolf mag mich nicht. Er steht hierarchisch über mir. Aber ich bin fachlich besser, viel besser. Das weiß er und das beschädigt sein Selbstwertgefühl.

Manolis ist in der Küche verschwunden. Das Paar blickt sich nicht an. Der Mann im dunklen Anzug hat weiter sein Handy vor den Augen. Die Frau schaut sich um, als ob sie irgendwo im Lokal nach einem fixen Punkt suchte, der ihr Halt gäbe. Unsere Augen finden sich endlich. Kurz nur, dann senke ich den Blick. Aber doch lang genug, dass mir ihre Augenfarbe auffällt, ein tiefes, grünliches Blau. Nicht hellblau, sondern dunkelgraublau mit einem grünen Schimmer am Rand der Iris, der ihr Seidenkleid widerspiegelt.

Ich schwöre, dass sie mich angeschaut hat. Sie hat sogar gelächelt. Zumindest hat sie ein Lächeln angedeutet. So wie die Frauen auf den Bildern alter Meister lächeln. Nicht mit offenem Mund und gebleichten Zahnreihen, sondern diskret mit einem angedeuteten Augenaufschlag. Aber ich schwöre, dass die Frau im grünen Kleid mich angelächelt hat. Ein Lächeln, das eine Verheißung andeutete. Sonst wäre nie passiert, was später passierte.

2

Es war damals nicht gut gegangen mit Kathy. Normalerweise arbeite ich am Tag. Ich analysiere und entwickle für unsere Kunden komplizierte Softwaresysteme und Abwehrstrategien gegen Hackerangriffe. Wir müssen die Systeme permanent anpassen, weil sich Angebot und Ansprüche fortlaufend verändern und die Angreifer immer raffinierter werden. Wir müssen uns über ihre Vorgehensweisen informieren und unsere Abwehr aufrüsten. Alles wird immer komplizierter. Nachts spiele ich Games.

Kathy und ich hatten keine gemeinsame Wohnung. Sie fand, eine gemeinsame Wohnung würde ihren Freiraum einschränken und unsere Beziehung längerfristig ruinieren. Mir war das recht. Ich wollte in Ruhe meine Spiele spielen. Ich wollte nicht ständig mit Nichtigkeiten behelligt werden wie «Schatz, hast du daran gedacht, Toilettenpapier einzukaufen?»

Blazing Chrome heißt mein neuestes Spiel. In einer verwüsteten, dystopischen Welt kämpfen meine Figuren mit schweren Waffen gegen Heerscharen von mechanischen Feinden. Bei all meinen analytischen Fähigkeiten verwischen sich Realität und Fiktion, wenn die Explosionen zu heftig und die Gegner zu mächtig werden. Ich werde dann von echter Mordlust gepackt.

Manchmal, wenn ich Kathy vermisste, wenn sie über mein Bitten und Flehen gespottet und es abgelehnt hatte, mich zu treffen, und wenn die Eifersucht mich in den Würgegriff nahm, stellte ich mich in den Schatten des Gebüschs im kleinen Park gegenüber von Kathys Hauseingang. Es war ein großes graues Mietshaus. Sie wohnte im vierten Stock rechts vom Treppenhaus. Wenn in ihrer Küche mit dem winzigen Balkon, auf dem stets ein voller blauer Müllsack stand, das Licht brannte, stellte ich mir vor, wie sie für einen Mann kochte, während der in ihrem Wohnzimmer saß und Fußball schaute. Das Wohnzimmerfenster ging nach hinten. Ich konnte es nicht überblicken. Oder wie die beiden sich schon in der Küche näherkamen und er sie von hinten umschlang und an ihre Brüste griff, während sie in den Pfannen rührte.

Manchmal ging ich zur Haustür, klingelte – natürlich wusste ich, an welcher Position mitten unter den anderen Klingelknöpfen auf der großen Aluminiumtafel sich ihr Klingelknopf befand – und ging schnell weg, damit sie mich nicht ertappte. Ich rannte nicht. Rennen wäre unwürdig gewesen. Aber ich lief schnell, fühlte mich erbärmlich, wartete eine halbe oder eine Dreiviertelstunde in einem Café etwas weiter unten an der Straße, wo ich einen Espresso und, zur Beruhigung der Nerven, einen Cognac oder zwei trank, und stellte mir vor, wie ich sie beim Vorgeplänkel mit einem Mann gestört und wie dieser ob dem Geklingel die Lust verloren hatte und bald gegangen war. Der Gedanke befriedigte mich. Obwohl ich mich mies fühlte, ging ich zurück und drückte wieder auf den Knopf. Das Ritual – klingeln, weglaufen, einen Cognac trinken, zurückkommen, wieder klingeln – wiederholte ich mehrmals, bis ich, wenn die Kirchenglocken zwei- oder dreimal schlugen, müde nach Hause ging, wo ich nicht schlafen konnte. Aber ich denke, manchmal hatte sie einfach das Küchenlicht brennen lassen und war gar nicht in der Wohnung.

Einmal, morgens um halb zwei, wurde ich von zwei Polizisten angehalten. Die beiden Beamten, der eine mit einer vollgepackten Uniform wie ein Bodybuilder, der sich drohend vor mir aufwarf, beschuldigten mich abwechslungsweise, ein Spanner zu sein oder bezahlten Männersex zu suchen und somit öffentliches Ärgernis zu verursachen. Dieser Stadtpark mit seinen Büschen sei für derartige Aktivitäten berüchtigt. So ein Unsinn! Als ob ich mich jemals für Männer interessiert hätte!

Sie schnürten meine Handgelenke mit einer Plastikschnur zu, nahmen mich im Streifenwagen mit auf die Wache. Ich wurde wie in einem amerikanischen Gangsterfilm von vorn und von der Seite fotografiert. Man sieht auf solchen Fotos stets wie ein Verbrecher aus, selbst wenn man völlig unschuldig ist. Der Bodybuilder fragte meine Daten ab. Der andere trug sie, mit zwei Fingern aufreizend langsam tippend, in ein Formular ein. Sex unter Männern ist bei uns schon längst nicht mehr unter Strafe gestellt, sondern im Gegenteil gesellschaftlich akzeptiert, und Spannen, denke ich, ohnehin nicht. Es war eine Schikane; sie wollten mich demütigen. Endlich ließen sie mich gehen. Sie hatten keine Anzeige erstattet und keinen Strafbefehl ausgesprochen und entschuldigten sich nicht. Ich fühlte mich beschmutzt.

Der italienische Kellner hat den Salat vor mich hingestellt. Ich breche ein Brötchen in Stücke, bestreiche diese mit Butter und streue Salz darauf, denn zum Salat muss ich Brot essen, damit er mir nicht sauer aufstößt. Ich war schon hundertmal beim Arzt, bei mehreren Ärzten, bei unzähligen Ärzten. Wegen der Übersäuerung meines Magens, wegen Rücken- und Beinschmerzen, Migräne, Gliederschmerzen, Schwindelgefühlen konsultierte ich sie. Nur über Impotenz habe ich mit keinem geredet. Ich schäme mich. Das war sicher ein Grund, weshalb Kathy …

Auch das Paar am Nebentisch hat seine Vorspeisen erhalten. Soviel ich sehen kann, ohne offen auf ihre Teller zu starren, steht vor ihm ein kunstvolles Arrangement mit Räucherlachs, während sie sorgfältig Suppe aus einem Töpfchen löffelt. Er hat das Mobiltelefon beiseitegelegt, aber sie reden nicht miteinander. Blicken einander nur stumm an. Sie schaut zwei- oder dreimal zu mir hin. Wenn ich ihren Blick erwidere, senkt sie die Lider.

Die Ärzte haben nie etwas gefunden. Sie haben mein Blut getestet, den Urin, mich in Magnetröhren gesteckt, geröntgt, abgeklopft, abgetastet, abgehorcht, den Magen und den Darm gespiegelt, ihre in enge blaue Gummihandschuhe gestopften Finger in meinen Anus gesteckt, das Herz einer Belastungsprobe ausgesetzt, seine Schläge und den Blutdruck elektronisch aufgezeichnet, die Leber punktiert. Nichts. Einer murmelte das Wort «psychosomatisch», ging aber nicht darauf ein. Ich fragte nicht nach. Also bin ich offenbar gesund, wenngleich ich mich in mancher Hinsicht beeinträchtigt fühle. Nicht zuletzt verspüre ich immer wieder diese innere Leere, als wenn ich von einer Vakuumpumpe ausgesaugt worden wäre und mein Körper in sich zusammenfiele wie ein angestochener Fußball.

Die Frau hat das Gleiche bestellt wie ich. Ich habe mich schließlich mit der Tatsache abgefunden, dass es keine Leber gibt, und mich zu einem anderen Hauptgang durchgerungen. Ich betrachte heimlich, wie sie ihr Kalbskotelett auf dem Teller zurechtrückt, es sodann, parallel zum Knochen, mit dem Messer in Streifen schneidet. Fast liebevoll betrachtet sie diese Fleischstreifen. Sie dreht den Teller um fünfundvierzig Grad. Nunmehr zerteilt sie die Streifen auch quer. Die so entstandenen Fleischwürfel steckt sie, einen nach dem andern auf der Gabel aufspießend, zwischen ihre Lippen, ohne den Lippenstiftaufstrich zu verschmieren.

In diesem Moment, genau in diesem, als sie sich mit beinahe kindlicher Geste das erste Häppchen in den Mund schob, habe ich mich in sie verliebt. Sie muss das gespürt haben. Bestimmt gingen starke Vibrationen von mir aus. Sie blickt, kauend, zu mir herüber und lächelt. Kauen und lächeln. Ein seltsames Zusammenspiel zweier Gesichtsfunktionen, von denen man glaubt, sie seien gleichzeitig gar nicht möglich. Mehr noch, sie zwinkert mir zu. Kaut, lächelt und zwinkert. Ich spüre, wie mein Gesicht rot anläuft. Sie fühlt sich ertappt. Sie überspielt das mit einem weiteren Zwinkern, während sie kaut und lächelt.

Ich kann mich schnell und heftig verlieben, Fieberschüben gleich. Ebenso, wie diese bald wieder abebben, sacken die Gefühle, die sich gerade noch groß und mächtig aufgebauscht haben, bald wieder in sich zusammen. Gefühle können sich, statt zu verpuffen, auch in Hass verwandeln. So war es bei Kathy gewesen. Je mehr sie mich verletzte, desto größer wurde mein Abscheu. Nein, wenn ich mir das genau überlege, war es nicht nur Abscheu; es war eine Mischung von Begehren, Wut, Verletztheit, Empörung und Hilflosigkeit, ein zersetzender Streit widersprüchlicher Gefühle. Ich stellte mir die Frage, ob man den Nächsten hassen soll, wenn man sich selbst hasst. Denn in der Bibel heißt es ja auch, man solle den Nächsten lieben wie sich selbst.

Ich liebte Kathy noch immer, und gleichzeitig hasste ich sie. Ich fing an, mich an ihr zu rächen. Ich bestellte im Internet unter ihrem Namen Waren – Kleider, Weine, Blumen, Geschenkkörbe, Pizza, ganze Mahlzeiten, dann größere Dinge, ein achtteiliges Set von kupfernen Kochtöpfen, Porzellangeschirr, Gartenmöbel (dabei hatte sie gar keinen Garten, nur den kleinen Küchenbalkon, und nach hinten hinaus, vor dem Wohnzimmer, eine etwas größere Terrasse). Als Software-Ingenieur ist es für mich ein Leichtes, meine Identität im Netz zu verschleiern.

Wenn ich bei ihr war, erzählte sie mir von dem nächtlichen Geklingel und den anonymen Bestellungen. Sie brachten ihr Scherereien mit Online-Verkäufern und Versandhändlern ein. Kathy vermutete, ein Arbeitskollege, dessen Zudringlichkeit sie zurückgewiesen hatte und immer noch zurückweisen musste, stecke hinter diesen Aktionen. Auf die Idee, dass ich der heimliche Belästiger sein könnte, kam sie nicht. Ich war bei ihr, und ich war ihr offizieller Freund. So stellte sie mich die wenigen Male vor, da wir andere Leute trafen: «Mein offizieller Freund.»

Für mich, in meiner kräftezehrenden Gemütslage zwischen Liebe, Hass und Selbstzweifeln, klang das absurd. Wenn ich etwas kann, dann kann ich Vertrauen wecken. Also hegte Kathy keinen Verdacht. Manchmal schliefen wir sogar miteinander, wenn ich rechtzeitig eine blaue Pille eingeworfen hatte und wenn sie nicht gerade bei einem anderen Liebhaber lag. Weshalb hätte ich ihr schaden sollen?

Die Frau hat einen Würfel des zerstückelten Kalbskoteletts nach dem anderen in den Lippenstiftmund geschoben und zerkaut. Am Schluss hat sie sich rasch umgeschaut, dann den Knochen resolut in die Hand genommen und gierig abgenagt. Die Röte ihrer Lippen erregt mich. Auch das Gemüse hat sie sorgfältig zerteilt. Broccoli und Blumenkohl in einzelne Röschen zerlegt und die Karotten in Rädchen. Einen Großteil des Risottos hat sie unberührt auf dem Teller gelassen.

Während der Kellner das Geschirr abräumt und danach mit einem kleinen, aufklappbaren Instrument die Krümel von der Tischdecke wischt, steht sie auf und verschwindet hinter dem rotsamtenen Vorhang. Ganz nahe geht sie an mir vorbei. Sie schwebt. Ein winziger Windzug haucht mich an. Fast kann ich ihren Körper spüren.

Sie verschwindet hinter dem dicken Vorhang, der die Treppe zum Untergeschoss und zu den Toiletten und zum Zigarettenautomaten verbirgt. Ihr Begleiter hat wieder das Handy gezückt und beachtet mich nicht. Ich trete ebenfalls durch den Vorhang und warte hinter einem bemalten Bauernschrank auf dem Treppenabsatz. Die Vorstellung, ich könnte ertappt werden, lässt mich wohlig schaudern. Ich warte den Moment ab, da sie aus der Toilette tritt. Sie kommt. Ich gehe wie zufällig die Stufen hinunter, vorsichtig, damit ich in meiner Aufgeregtheit nicht stolpere. Im Moment, da wir uns auf der Treppe begegnen, will ich sie ansprechen. Das ist der Plan. Doch meine Stimme versagt. Ich kann mich nur räuspern und ihr zunicken. Sie nickt ebenfalls. Sie hebt sogar die Hand zu einem angedeuteten Gruß. Sie hat Parfüm aufgetragen und riecht nach Blumen und Gewürzen.

Ich lasse ein paar Minuten verstreichen, bevor ich den Gastraum wieder betrete. Der Kellner legt die Dessertkarten auf ihren Tisch, und die Serviererin stellt schweigend einen Espresso, ein winziges weißes Milchkännchen und einen Grappa vor mich hin. Ich verlange die Rechnung, bezahle mit der Karte, lasse ein substanzielles Trinkgeld in bar zurück wie immer.

3

Ich wurde zu einer Gefängnisstrafe verurteilt. Eine bedingte Gefängnisstrafe, zwei Jahre auf Bewährung mit einer Probezeit von fünf Jahren. Das Gericht machte mir zudem zur Auflage, eine Therapie über mich ergehen zu lassen. Ich wurde zu einer jungen Psychologin geschickt. Sie war das Gegenteil von Kathy. Kathy war klein und neigte zur Rundlichkeit. Zudem hatte Kathy immer etwas Unverbindliches gehabt. Etwa Vages. Ich war nie klug geworden aus ihr. Drängenden Fragen war sie ausgewichen. Wenn ich wissen wollte, wie es mit uns weitergehen solle, war ihre Antwort: «Lass uns am Wochenende eine Wanderung unternehmen!»

Sie hatte zwei Persönlichkeiten. Eigentlich wollte ich *gespaltene Persönlichkeit* schreiben. Aber das ist ein Begriff aus der Psychologie, der auf sie nicht zutraf. Kathy war nicht gespalten. Sie spielte nur zwei unterschiedliche, weit auseinanderklaffende Rollen. Zur Arbeit erschien sie als kühl kalkulierende Zahlenfrau. Sie trug Jeans, hochgeschlossene Blusen und Turnschuhe, manchmal ein hellblaues Deuxpièce, in welchem sie aussah wie eine altmodische Gouvernante, und Pumps. Vielleicht war es diese perfekt inszenierte Nüchternheit, ihre demonstrative Mauerblümchenhaftigkeit, die Männer wie Petronius, ihren Vorgesetzten, kirre machte.

Wenn sich Kathy auszog, kam ihre andere Seite zum Vorschein. Ihre geheime anarchistische Rebellion hatte sich Kathy auf den Leib stechen lassen. Im Büroalltag blieben ihre Tätowierungen unter den Bürokleidern verborgen. Niemand bekam den vielfarbigen, feuerspeienden Drachen zu Gesicht, der ihren ganzen Rücken vom untersten Halswirbel bis zum Kreuzbein ausfüllte. Auch das Stelldichein von Insekten und Spinnen auf dem linken Oberarm – Zikade, Skarabäus, Skorpion und ein abfliegender Marienkäfer mit ausgebreiteten Flügeln, alle durch Ornamente miteinander verbandelt –, das Efeurankenwerk unter der linken Brust, chinesische Schriftzeichen auf der Hüfte, ein Stacheldraht rund um den Bauchnabel und ein Leopardenfellmuster auf dem rechten Oberarm blieben im Geheimen. Den Stacheldraht hatte sie stechen lassen, damit niemand ihren Nabel berührte, was sie hasste.

Was mochte Petronius empfunden haben, als sich Kathy, die spröde Controllerin, zum ersten Mal vor ihm ihrer Bürokleider entledigt hatte und nach und nach Getier und Gestrüpp zum Vorschein kamen?

Die Psychologin war, anders als Kathy, schlank und groß, etwas größer als ich. Ob sie an verborgenen Stellen ihres Körpers Tattoos trug, weiß ich nicht. Das zu erkunden blieb eine Fantasie. Sie stellte sich als Doktor Schertenleib vor. Ich war bei ihr weit weniger erfolgreich als Petronius bei Kathy. Myrtha Schertenleib hatte schwarzes Haar. Trug weiße Turnschuhe, farbige Strümpfe, einen Rock aus Jeansstoff und einen dunkelroten Baumwollpullover mit dem Schriftzug *Oxford University, Est. 1231* und einem Wappen mit drei Kronen in der Mitte. Unter dem Pullover war die Form ihrer Brüste zu erahnen. Ich dachte: *Schertenleib passt.* Auf mich wirkte sie leiblich. Ihre physische Präsenz verwirrte mich.

Wir trafen uns einmal die Woche. Ihr Büro war groß und nüchtern. Metallgestelle mit langen Reihen dicht gedrängter Bücher, ein großes Pult, die gläserne Oberfläche staubfrei, ohne Fingerabdrücke und ganz leer, wenn man von einem Notizblock, einem Füllfederhalter und zwei Kinderfotos in silbernen Stehrahmen absah. Keine Fotografie eines Mannes oder eines glücklich umschlungenen Paares. Sie hatte Kinder und war getrennt, geschieden oder ledig, schloss ich daraus. Hinter dem Protzpult ihr Bürostuhl, mein Besucherstuhl davor. Es gab auch einen quadratischen Besprechungstisch mit Metallbeinen und weißem Tischblatt und vier Stühlen, einen auf jeder Seite. Und eine Sofaecke mit einem schwarzen Ledercouch und zwei nicht wirklich geglückten Kopien des Swan Chairs von Arne Jacobsen.

Aber wir saßen stets an ihrem Pult. Hinten die strenge, schertenleibsche Gottheit, vorne der zerknirschte Sünder. Ich verglich die Situation mit den Beichtstühlen in den Kirchen meiner Kindheit. *Zur Buße betest du fünf Vaterunser und zwei Ave Maria.* Hinter ihr hing ein riesiges abstraktes Gemälde in wilden Farben. Beichten reichte ihr nicht: «Wir müssen das Thema toxische Männlichkeit aufarbeiten», sagte Myrtha Schertenleib. Meine neuen Arbeitgeber hatten Verständnis für meine Absenzen. Knellwolf, mein Vorgesetzter, meinte, ein Typ wie ich, der tief ins Innere des virtuellen Universums eindringen könne und mit der Künstlichen Intelligenz um die Vorherrschaft ringe, müsse a priori über eine spezielle psychische Konstellation verfügen. Ich habe Knellwolf im Verdacht, sich über mich lustig gemacht zu haben.

Aber das spielte keine Rolle. Die Kolleginnen von *Human Resources* bekundeten Sympathie. Mit einer von ihnen, sie hieß Franzi, verbrachte ich sogar eine Nacht im Hotelzimmer. Wir waren in einem Ferienort in den Bergen zu einem Workshop über den Einsatz internetbasierter Management-Tools aufgeboten worden. Das Thema interessierte mich nicht. Management wird krass überschätzt. Meine Ausreden hatten meine Vorgesetzten aber nicht akzeptiert. Ich musste antreten.

Abends besuchten wir eine Bar, die im Stil eines Kuhstalls eingerichtet war. Helles Holz, offene Dachbalken, Kuhglocken an den Wänden und naive Bauernbilder mit Alpaufzügen vor lieblichen Landschaften, dazu rot-weiß karierte Vorhänge. Franzi trank zu viele Negroni. Negroni sind heimtückisch. Sie lächeln dich harmlos an in ihrer roten Lippenstiftfarbe, mit dem über den Glasrand gestülpten Orangenschnitz. Aber in der unschuldigen, nagellackfarbenen Flüssigkeit steckt purer Alkohol. Gin, Vermouth, Campari, höchstens mit einem Spritzer Orangensaft verdünnt.

«Ich will nichts von dir», lallte Franzi. «Bitte verstehe mich nicht falsch! Du bist sympathisch. Bitte nutze die Gelegenheit nicht aus!»

Mir war nicht daran gelegen, Franzi zu verführen. Sie zog mich nicht an. Doch was nun? Sie dementierte die Worte, mit denen sie mich zurückwies, gleichzeitig damit, dass sie ihre Beine und ihre Schulter an mich drückte. Ich wollte nun wissen, woran ich war. Ich bat den Barpianisten, einen blonden, sehr großen Kanadier, um *Wonderful Tonight.* Eric Claptons Musik wirkte. Franzi wurde noch weicher. Ich entschuldigte mich, ging hinaus auf die Toilette, schluckte eine blaue Pille. Wir tanzten zur Musik des kanadischen Pianisten. Dann nahm ich sie bei der Hand, küsste sie im Aufzug und führte sie in mein Zimmer.

Franzi entkleidete sich schnell und schlüpfte rasch unter die Decke. Schämte sie sich ihres Körpers? Sie schien meine Zuwendungen zu schätzen und quittierte sie mit lauten Atemgeräuschen und, als ich in sie eindrang, mit tiefen Seufzern und mit Schreien, die sie mit einem Kissen dämpfte. Danach drehte sie sich von mir weg, und ihr Atem flachte allmählich ab. Ich betrachtete die schlafende Franzi lange. Sie entsprach nicht meinen Schönheitsidealen. *Sie ist etwas zu breit und etwas zu kurz wie Kathy*, dachte ich, und zudem verwirrte mich die Asymmetrie ihres Gesichtes. Aber wie sie sich an mich geschmiegt und unter mir gewunden hatte, fühlte sich gut an. Ich kontrollierte sie und übte Macht aus über sie, wenigstens für einen Augenblick.

Am Morgen, als sie neben mir erwachte, während ich sie, längst wach, den Kopf auf die Hand gestützt, anschaute, war sie verwirrt und musste erst ihre Erinnerungen sortieren, bevor ihr bewusstwurde, wie sie in diese Lage und dieses Bett gelangt war. Sie stand abrupt auf, zog sich hastig an, küsste mich flüchtig auf den Mund und ging. Später, während des Workshops, drehte ich von Zeit zu Zeit unauffällig den Kopf und betrachtete sie im Schutz meiner Brillenränder von der Seite. Ich weiß, dass sie meine verstohlenen Blicke spürte. Sie verzog keine Miene und streckte die Nase in die Luft, um zu signalisieren, dass sie mich nicht beachtete. Beim Mittagessen trug sie ihr Essenstablett demonstrativ an meinem einsamen Tischchen vorbei und setzte sich zu Kollegen. Wir haben nie über diese Nacht geredet.

Zurück in der Firma, achtete sie auf Distanz und ging kommentarlos über meine Anspielungen hinweg. Ich kam nicht auf die Idee, Franzi diskret zu folgen und sie zu beobachten.

Beim fünften oder sechsten Treffen gestand ich Frau Doktor Schertenleib, dass ich in sie verliebt war. «Übertragung», stammelte sie. Sie sei damit überfordert, ehrlich. «Ich kann das nicht bewältigen.»

Sie brach die Therapie ab. Ich schickte ihr danach Nachrichten, mehrere pro Tag, später mehrere pro Stunde. Mit bewegenden Worten schilderte ich ihr meine Gemütszustände, meine Zuneigung, meine Lebensumstände. In solchen erregenden Zuständen entwickle ich literarische

Qualitäten. Meine Texte sind eindringlich, beschwingt, durchkomponiert und mit Sorgfalt und Bedacht formuliert. Sie schrieb ein einziges Mal zurück und drohte mit einer Anzeige. *Ich muss Sie dringend bitten: Hören Sie umgehend auf, mich zu stalken!* Myrtha Schertenleib blockierte mich. Ich dachte mir eine neue Strategie aus, überlegte mir, sie vor dem Klinikgebäude abzupassen und ihr zu folgen. Die Versuchung war groß. Aber ich ließ es sein. Für einmal besiegte die Vernunft mein Begehren. Die Vorstellung, doch noch ins Gefängnis gesteckt zu werden, brachte mich zur Besinnung.

Zwei, drei Wochen später wurde ich zur Konsultation bei einem griesgrämigen Mann aufgeboten. Mit seinem grauweißen, um den Mund vom Nikotin gelb verfärbten Bart und der Hornbrille sah er älter aus, als er war. *Vermutlich um die fünfzig*, dachte ich. Er erinnerte mich an Sigmund Freud. Er roch streng. Auch Freud hatte streng gerochen. Alles roch streng in seinem mit Möbeln und Büchern überladenen Büro, ein schwerer Psychiatergeruch. Die Vorhänge atmeten kalten Pfeifenrauch aus.

Kathy war an einem Sonntagabend spät gekommen. Ich hatte während des Wochenendes vergeblich in ihrer Wohnung ausgeharrt. Ich war nicht ausgegangen, weil ich keinesfalls ihre Rückkehr verpassen wollte. Ihr Mobiltelefon hatte sie ausgeschaltet. Ich konnte sie nicht erreichen. Wut und Sorge schaukelten einander auf. *Im Kühlschrank Bolognese-Sauce selbst gemacht*, hatte sie auf einen Zettel geschrieben. *See you!*

Das Gericht verurteilte mich wegen Tötungsversuchs im Affekt und wegen unterlassener Hilfeleistung. Aber das ist ein Witz. Ich nenne das juristische Vulgärpsychologie. Ich wollte sie nicht töten. Ich liebte sie. Eher hätte ich mich selbst getötet. Aber dazu war ich zu feige.

Ich umarmte Kathy, als sie endlich in der Türe stand. Ein Hauch Eau de Cologne, ein Geruch nach Mann hing in ihrem Haar. Ich sprach sie darauf an. Sie nannte mich fröhlich einen kleinkarierten Spießer. Sie war mit Petronius zusammen gewesen. Er war ihr Vorgesetzter. Sie hatte uns ein paar Wochen zuvor bei einem Betriebsfest einander vorgestellt. Ich hatte beobachtet, dass er um sie herumscharwenzelte an jenem Fest. Es war die *Garden Party* ihres Betriebes *mit Partner/innen*, wie es auf der Einladung hieß. Ein mit Alkohol erträglicher gemachtes Stelldichein im Garten einer Villa. Sie gehörte dem Direktor der Treuhandgesellschaft, wie ich erfuhr.

Petronius hatte seine Gattin zu Hause bei dem Neugeborenen gelassen. Ich fühlte mich als Kathys *offizieller Freund* überflüssig. Einsam stand ich bei einem Zierstrauch, das Glas mit dem wärmer werdenden Weißwein in der Hand. Ich hasse warmen Weißwein. Ich schaute Kathy beim Flirten mit Petronius zu. Umschlungen drehten sie sich im Rhythmus der Popmusik aus dem Lautsprecher über den Rasen. Kathy war beliebt bei den Kollegen, obwohl sie Controllerin war.

Ich war verletzt, als sie mir von Petronius erzählte. Den Vorgesetzten zu vögeln finde ich geschmacklos. Zudem ist er, wie gesagt, verheiratet und hat ein Kleinkind. Ich sagte: «Du verletzt mich.»

Sie lachte. «Das ist unsere Abmachung.»

«Wir haben gar nichts abgemacht. Das sind deine Regeln. Du hast sie allein aufgestellt.»

«Doch, haben wir», beharrte sie. Auch lasse sie sich ihr Vergnügen nicht verbieten, sagte sie fröhlich. Sie sei eine noch junge Frau. Ich verstand diesen Satz so, dass sie jung sei und das Leben genießen wolle, was ich zu verhindern versuchte. Es klang wie: *Du bist der Klotz an meinem Bein und ziehst mich herunter.* Da eruptierte der Eyjafjallajökull. Ich schlug zu.

Das Paar steht auf. Er hilft ihr nicht in die rote Regenjacke. Sie tastet mit dem rechten Arm nach dem Ärmelloch. Ich möchte aufspringen, um ihr das Kleidungsstück hinzuhalten. Aber ich getraue mich nicht. Endlich findet sie den Zugang und schlüpft in die Jacke. Deren Kapuze zieht sie sich über den Kopf. Sie sieht so frisch und unschuldig aus wie Rotkäppchen, Rotkäppchen mit einer rotblonden Mähne, die seitlich aus der Kapuze quillt. Der Mann trägt einen langen beigen Regenmantel mit einer tiefen Rückenfalte und einen grauen Filzhut mit breiter Krempe. Er erinnert mich an Jean-Paul Belmondo im Film *Borsalino.* Rotkäppchen hat die Gesichtszüge von Linda Evangelista. Ein schönes Paar, beide groß und schlank.

Ich bleibe auf meinem Stuhl vor dem Vorhang sitzen, bis Belmondo und Evangelista draußen vor dem Kaufhausfenster vorbeigehen. Er läuft voraus, sie einen Meter dahinter. Händchen halten sie nicht. Er liebt sie nicht. Er polstert sein Ego mit ihr. Mit ihr zu schlafen, dürfte auch keine unangenehme Pflicht sein. *Provinzcasanova. Du hast sie nicht verdient.*

Ich stehe auf und folge ihnen. Die Straße ist regennass, aber der Starkregen ist zu einem Nieseln ausgefranst. Ich halte Distanz, sodass Belmondo und Evangelista ihren Verfolger nicht wahrnehmen. Der Mann geht schnell die Altstadtgasse hoch. Die Frau folgt ihm mit etwas Abstand. Sie bleibt vor dem erleuchteten Schaufenster eines Lederwarengeschäfts stehen. Giert nach den ausgestellten Handtaschen. Ich drücke mich in einen Hauseingang und beobachte sie. Der Mann hält an, blickt sich um, zuckt mit den Schultern, macht eine Handbewegung von unten nach oben. Die Bewegung drückt Ungeduld aus.

4

Kathy ging rücklings zu Boden, als ich sie ins Gesicht schlug. Eigentlich war unsere Beziehung wieder besser geworden. Ich hatte aufgehört, Paketsendungen zu bestellen. Nachts stand ich nicht mehr in den Büschen gegenüber der Haustür. Wir trafen uns öfter. Sie rief mich an und sagte, sie habe Lust, mich zu sehen. Dass jemand so etwas zu mir sagte, war mir neu. Ich fand es aufregend. Sie war seltener mit anderen Männern zusammen. Außer mit Petronius. Ein paarmal war ich sogar im Bett ihren Herausforderungen gewachsen, wenn ich rechtzeitig daran gedacht hatte, die blaue Pille zu schlucken. Fast fühlte ich mich wie der hälftige Teil einer richtigen Beziehung. Doch jetzt hatte sie mich ein Wochenende lang sitzenlassen wie einen vernachlässigten Hund. Im Hund hatte eine einsame Wut geschmort.

Sie stieß beim Fallen mit dem Hinterkopf an ein Beistelltischchen und begann zu schreien. Ich kniete mich auf ihre Arme und hielt ihr den Mund zu. Ich wollte nicht, dass die Nachbarn die Polizei riefen. Sie versuchte, mich in die Hand zu beißen, worauf ich fester zudrücken musste. Als ihr Gesicht anschwoll und sich dunkelrot färbte, ließ ich von ihr ab. Ein roter Fleck bildete einen hässlichen Kontrast zum hellen Faserteppich unter dem Tischchen. Kathy blutete am Hinterkopf. Ihre Haare waren klebrig. Ich rannte aus der Wohnung, die Treppe hinunter und hinaus in die Nacht. Sie hatte nicht mehr geschrien. Sie hatte still geweint. Das ertrug ich nicht.

Meine Verteidigerin referierte in ihrem Schlussplädoyer fast eine Stunde lang. Sie stellte mich als erfolgreichen Berufsmann und gefragten Software-Spezialisten dar, dem die Sicherung durchgebrannt sei, weil seine Partnerin ihn betrogen habe. Diese Partnerin – also Kathy – schilderte die Verteidigerin, sie hieß Frau Brosam, als Flittchen mit wechselnden Männerbekanntschaften. Dadurch habe diese Partnerin das Selbstwertgefühl ihres Mandanten – also meines – in erheblichem Maß verletzt. So trage die Geschädigte eine erhebliche Mitverantwortung für die Affekthandlung des Angeklagten.

Eleonora Brosam war ein raffiniertes Exemplar der Strafverteidigungsgattung. Sie war klein, schmal, hatte eine Kasernenhofstimme und redete schnell und eindringlich. Wahrscheinlich war sie Marathonläuferin. Knochentrocken, aber muskulös, braungebrannt und ausdauernd. Ich schätzte, dass sie etwa fünf Jahre älter war als ich. Fast hätte ich mich in sie verliebt, wenn sie nicht auf der Stirn und um den Mund harte Zynikerfalten gehabt hätte. Zudem wurde sie steif und unnahbar, wenn wir uns zu zweit in der engen Besucherzelle des Untersuchungsgefängnisses und später, nach meiner Entlassung, in ihrem karg möblierten Kabinett besprachen.

Frau Brosam schien, wie ein Schauspieler, je nach Rolle unterschiedliche Charaktere an- und ausknipsen zu können: im Gerichtssaal logisch, aber mit emotionalem Impetus vortragend, temperamentvoll und eloquent, außerhalb des Gerichts kühl und distanziert. *Vermutlich wird man in ihrem Beruf zynisch*, dachte ich. *Anders kann man sich all dieser Verbrecher, Betrüger, Kinderschänder, Totschläger nicht erwehren, mit deren Sache man sich gemein machen muss.* Einmal fragte ich sie: «Wie können Sie als Frau einen Vergewaltiger vor Gericht verteidigen?» Sie ging nicht konkret auf die Frage ein. «Jeder Angeklagte hat das Recht, angemessen vertreten zu werden. Der Staat ist ihm gegenüber in einer viel stärkeren Position. Ich versuche, dieses Gefälle etwas zu verringern, indem ich dem Angeklagten mit meinem Fachwissen zur Verfügung stehe. Egal, weswegen einer angeklagt ist.»

Es gelang Frau Brosam, die Situation so darzustellen, dass sie zu meinen Gunsten ausgelegt werden konnte. Kathy habe meinen Angriff mutwillig provoziert. Zudem, sagte Frau Brosam, habe der Angeklagte wegen des unglücklichen Vorfalles seine Stelle verloren, während er in Untersuchungshaft saß. Er sei damit genug gestraft. Er sehe das Unrecht ein, das er begangen habe, und bereue aus tiefstem Herzen. Auch habe er seine Tat ohne Umschweife zugegeben. Inzwischen habe der Angeklagte wieder eine Arbeit gefunden, die er verlieren würde, wenn er ins Gefängnis müsse. Eine unbedingte Gefängnisstrafe wäre demnach kontraproduktiv.

Das Paar betritt die Parkgarage durch die gläserne Tür. Der Raum mit zwei Bezahlautomaten ist grell ausgeleuchtet. Gleißendes weißes Licht reizt die Augen. Man blinzelt. Ich warte im Dunkel neben dem Eingang. Der Mann steckt die Kreditkarte in den Schlitz des Automaten und tippt die Sicherheitszahl ein. Das Ticket flutscht heraus. Er ergreift es. Die beiden besteigen den Lift und fahren hinunter ins zweite Untergeschoss. Ich renne die Treppe hinunter. Ich bin vor ihnen da und beziehe meinen Beobachterposten im Schatten einer Säule. Meine Einkaufstaschen habe ich im Restaurant vergessen, kommt mir in den Sinn. Belmondo und Evangelista können mich nicht sehen. Ich sie schon.

Mit einer Fernbedienung öffnet der Mann die Verriegelung eines unförmigen schwarzen Autos. Es zwitschert und blinkt. Er steigt einfach ein, ohne ihr die Tür aufzuhalten. Rotkäppchen rafft den Rock, streift die rote Kapuze zurück, schüttelt ihre Locken und klettert auf der rechten Seite in den Wagen. Nachdem sie an mir vorbeigefahren sind, fotografiere ich das Autokennzeichen mit dem Handy.

Die Vorsitzende Richterin übernahm Eleonora Brosams Argumentation fast unverändert. Da ich im Affekt gehandelt hatte, mich geständig und reumütig zeigte, und da der Gutachter die Rückfallgefahr als gering eingestuft hatte, sprach das Gericht eine bedingte Strafe aus. Ich musste der Geschädigten eine bestimmte Genugtuungssumme überweisen und die Verfahrenskosten übernehmen. Die Staatsanwaltschaft rekurrierte nicht gegen das Urteil. Ich natürlich auch nicht. So wurde es rechtskräftig.

Zudem erneuerte das Gericht das sogenannte Rayonverbot. Es war schon ausgesprochen worden, nachdem mich Kathy wegen häuslicher Gewalt und Körperverletzung angezeigt hatte. Ich musste vom Haus, in welchem Kathy wohnte, und dem Gebäude der Treuhandgesellschaft, wo sie als Controllerin arbeitete, jeweils mindestens zweihundertfünfzig Meter Abstand halten. Aber das spielte keine Rolle mehr. Ich hatte sie geliebt. Dann hatte ich sie gehasst. Ich hatte mich gerächt und war dafür bestraft worden. Jetzt war sie mir gleichgültig. Trotzdem stand ich noch einige Male im Gebüsch gegenüber ihrem Wohnhaus. Ich wollte das Kribbeln nochmals spüren, die Erregung. Und ich wollte herausfinden, ob etwas passierte. Ob man mir auf die Schliche kam. Es passierte nichts, und ich spürte nichts.

Einmal, spätabends, kam Kathy in Begleitung eines Mannes. Trotz Dunkelheit erkannte ich Petronius an seinem schwammigen Gang. Die beiden hielten einander, während sie in der Handtasche nach dem Schlüsselbund kramte. Er küsste sie auf den Nacken, als sie sich abwandte, um die Haustür zu öffnen. Wenig später ging in ihrer Küche das Licht an. Ich spürte einen Stich in der Brust. So gleichgültig, wie ich mir eingeredet hatte, war mir Kathy doch noch nicht. Ich war versucht zu klingeln. Aber ich ließ es sein. Nach weniger als einer halben Stunde kam Petronius heraus. Ich folgte ihm bis zu einem nahen Parkplatz, wo er sich in einen dunkelblauen Kombi mit einem Kindersitz auf der Rückbank setzte und davonfuhr. Ich ging zum großen Platz vor der Alten Post hinüber, bestieg am Taxistand einen Wagen und nannte meine Adresse.

Im Bett wälze ich mich unter der Decke hin und her, die von meinem Schweiß durchfeuchtet war. Ich höre immer zwei Kirchen gleichzeitig die Stunden schlagen. Die eine ist näher, ihr Glockenton ist tiefer und lauter. Die andere, fernere, hat einen höheren, weniger gut hörbaren Klang. Manchmal überlagern sich die beiden. Ich kann dann nicht genau mitzählen und weiß nicht, ob es drei oder vier oder fünf Uhr ist.

Schon wieder schlafe ich nicht ein. Am PC mit den zwei riesigen Bildschirmen kann ich mich nicht auf das neue Computerspiel *Assassin's Creed Valhalla* konzentrieren. Dabei hatte ich mich darauf gefreut. Es war im Internet gelobt worden: *Tatsächlich eines der besten Wikingerspiele aller Zeiten.* Ich bin fahrig und kribbelig und schalte den PC bald aus, nachdem ich die E-Mails überflogen und einige Seiten mit kopulierenden Paaren besucht habe. Die Kirchenglocken schlagen die zweite Stunde. Ich wälze mich im Bett, schwitze, obwohl es draußen kalt ist. Ich schlummere. Dann höre ich mehrere Glockenschläge durcheinander. Welche Uhrzeit es ist, kann ich nicht abzählen in dem Kirchenglockentohuwabohu.

Die Frau im grünen Kleid lässt mir keine Ruhe. Ich falle in einen Dämmerschlaf. Ihre Locken rieseln über mein Gesicht. Durch ihr seidenes Kleid spüre ich ihre Brüste. Ihr Parfüm hüllt mich ein. Dann löst sie sich auf. Verschwindet wie ein Gespenst in der Wand. Die Kirchenglocken schlagen vier Mal. Vier Uhr ist die Stunde der Nachdenklichkeit.

«Sie neigen zu intensiven, aber stark schwankenden zwischenmenschlichen Gefühlen», hatte der streng riechende Psychiater gesagt. «Das erklärt die fehlende Stabilität in Ihren Beziehungen.» Wir hatten uns mehrere Male getroffen. Er verschrieb Medikamente «zur Stabilisierung Ihres psychischen Zustandes». Ich zerknüllte das Rezept und warf es auf dem Nachhauseweg am Bahnhof in einen Mülleimer.

«Nehmen Sie Substanzen?»

«Was meinen Sie mit Substanzen?»

«Drogen, Alkohol. Sie neigen zu problematischen Handlungsweisen.»

Natürlich log ich. Alle Patienten lügen, wenn der Arzt sie nach ihrem Alkoholkonsum befragt. «Zwei, drei Glas Wein pro Tag» heißt in Wirklichkeit: eine oder zwei Flaschen. «Unregelmäßig» bedeutet, dass man einen Tag pro Woche versucht, nichts zu trinken, wobei es oft beim Versuch bleibt.

Er wollte mich in eine Anstalt stecken. «Ich möchte mit Ihnen über eine stationäre Therapie reden.»

Ich blieb den Sitzungen danach fern. Die Klapsmühle kommt für mich nicht infrage. Ich ging nicht mehr hin und wartete darauf, dass mich die Polizei abholte, denn ich missachtete die gerichtliche Anordnung. Aber nichts geschah. Weder kamen die Gesundheitsbehörden noch die Vollzugsbehörden noch die Sozialbehörden. Man hatte mich vergessen. Ich war nicht mehr auf ihrem Radar. Das war gut.

«Stimmungsschwankungen», hatte der Psychiater gesagt. Nein, keine Schwankungen. Ich kenne mich. Ich bin verliebt in die Frau im grünen Kleid. Und sie in mich. So, wie sie mich auf der Treppe zur Toilette angeschaut hat, mit diesem Blick unter halb geschlossenen Lidern, ist keine andere Interpretation möglich. Ich werde sie finden und ihr meine Gefühle offenbaren.

Professor Freud, der in Wirklichkeit Dr. med. lic. phil. Georges Estragon hieß («Wie in *Warten auf Godot*», prahlte er, als ob Beckett persönlich ihm den Nachnamen verliehen hätte), hatte mich nach meiner Jugend befragt. Nach der Jugend fragen sie alle. Auch Frau Brosam, meine Verteidigerin, wollte alles über meine Kindheit und Jugend wissen. Was ich erzählte, verwertete sie im Plädoyer ausgiebig: «Von regelmäßiger körperlicher Gewalt durch seinen Vater traumatisiert. Von Verlustängsten gepeinigt.»

Ihre ganze Psychologie bauen sie auf unserer Kindheit und Jugend auf. Frühkindliche Traumata bloßlegen, darauf sind sie erpicht. Als ob wir als erwachsene Menschen nicht in der Lage wären, diese Erfahrungen zu überwinden. Als ob wir ein Leben lang den Schemata folgen müssten, die uns in der Kindheit aufgeprägt oder, in meinem Fall, eingeprügelt wurden.

Eigentlich hatte ich eine gute Kindheit gehabt, zumindest in den ersten Jahren. Ich erzählte Doktor Estragon, wie ich mit Vater Samstagnachmittage in der Badeanstalt verbrachte, wie wir wanderten, Berge bestiegen, im Winter Ski fuhren und im Frühling auf Skitouren gingen. Das war Vaters positiver Beitrag zu meiner Kindheit. Aber Doktor Estragon interessierte sich nicht dafür. Umso aufmerksamer wurde er, als ich ihm von den Prügeln erzählte, weil ich instinktiv spürte, dass er genau das hören wollte. Eine verknorzte Kindheit war Teil seiner Geschäftsgrundlage.

Vater war Sportlehrer am Gymnasium gewesen. Sport und Geografie. Mittelgroß, trainiert und jähzornig. Er war Hauptmann der Gebirgsinfanterie. Sein Kampfanzug und die Ausgehuniform hingen im Schrank im Flur und rochen nach Mottenkugeln. Daneben stand das Sturmgewehr. Die Armeepistole bewahrte er im Nachttischchen neben dem Ehebett auf.

Vater glaubte an körperliche Ertüchtigung. Und vor allem glaubte er an Zucht und Ordnung. Ich sehe mich noch heute. Von hinten schräg oben sehe ich mich, aus der Perspektive des Peinigers. Ein kleiner Bub mit heruntergezogener Hose, der schmale, nackte Hintern ängstlich zusammengekniffen in Erwartung der Hiebe. Vornübergebeugt an der Bettkante des Ehebettes. Hiebe mit dem Teppichklopfer auf den entblößten Körper. Zwölf Schläge, laut abgezählt. Ich zählte rückwärts mit: *noch neun, noch acht, noch sieben.* Die brennenden Schmerzen des Teppichklopfers und die Einsamkeit, die ich in meiner Büßerhaltung empfand, mein Gesicht auf das Bett im Elternzimmer mit der muffig riechenden wattierten Tagesdecke gedrückt, während Vater zuschlug, spüre ich bis heute. Das Böse musste aus dem Kind herausgeprügelt werden. Davon war er überzeugt.

Mutter schlug er nicht. Jedenfalls nicht in meinem Beisein. Auch meine große Schwester Imelda blieb verschont.

Manchmal tröstete Imelda mich heimlich, wenn ich geprügelt worden war. Gab mir ein Stück Schokolade oder ein Bonbon. Strich mit der Hand über meine Haare. Von Mutter war kein Trost zu erwarten. Sie drückte ihre Gefühle nie aus. Wahrscheinlich waren diese längst ausgetrocknet. Nahm mich nie in die Arme. Nicht nach den Prügeln. Auch sonst nicht.

Imelda steht noch immer zu mir. Sie ist jetzt dreiundfünfzig Jahre alt, lebt seit mehr als dreißig Jahren mit demselben Mann zusammen, einem Zahnarzt. Sie hat vier Kinder. Soeben ist sie zum ersten Mal Großmutter geworden. Imelda ist unter denselben Bedingungen aufgewachsen wie ich, abgesehen von den Körperstrafen. Aber sie hat sich ganz anders entwickelt. Sie ist normal. Sie lebt ein geregeltes Leben: großes Einfamilienhaus mit Garten, zwei Autos in der Doppelgarage, Ausflüge am Wochenende, drei Wochen Sommerurlaub in Italien oder Griechenland, eine Woche Winterferien in den Bergen. Bei meinem Prozess saß Imelda hinten im Gerichtssaal. Sie hatte einen Platz gewählt, von dem aus sie mich sehen konnte und ich sie. Sie ließ mich mit diskreten Gesten Mitgefühl und Solidarität spüren.

Vaters Gesicht schwoll rot an, wenn er wütend war. Er brüllte los, wenn ihm etwas nicht passte. Wenn das Abendessen nicht Punkt sechs auf dem Tisch stand. Wenn wir schwatzten, während er irgendeine Sportsendung anschauen wollte: «Verdammte Saubande. Seid endlich still, verdammt nochmal! Verreckt doch alle! Gottverdammich!»

Am Sonntag besuchten wir zu viert die Heilige Messe in der barocken Kirche. *Lobe den Herren, den mächtigen König der Ehren, lob ihn, o Seele, vereint mit den himmlischen Chören.* Ihre Decke mit den farbenfrohen Malereien von dicken, nackten Puten und den überbordenden goldenen Stuckaturen und Ranken sah aus wie eine umgestülpte gigantische Schüssel aus Meissner Porzellan, aufgestützt auf dicke weiße Säulen. Vater grüßte links und rechts: «Grüß Gott, Herr Kollege! Guten Tag, Frau Doktor Fischlin! Herr Professor! Sophie, Emil, schön euch zu sehen! Wie geht's, wie steht's?»

Vater kannte dank seines Berufes die halbe Stadt. Wir wirkten wie eine intakte Familie. Doktor Estragon nickte. Er strich mit drei Fingern durch den nikotinverfärbten Bart. Genau das hatte er erwartete; meine Geschichte bestätigte seine Theorien. «Die geprügelte Generation» nannte er uns. Wobei ich eigentlich zu spät dran war: ein Spätgeprügelter. Als ich klein war, griffen nur noch wenige Prügelväter zu Gürteln, Teppichklopfern, Ruten und anderen Folterinstrumenten. In den Nachkriegsjahren, den Fünfzigern und Sechzigern, sei Gewalt in der Erziehung eine Epidemie gewesen, dozierte Estragon, eine Volksseuche. In den Siebzigern hingegen, nach dem gesellschaftlichen Wandel, den 1968 mit sich gebracht hatte, sei die körperliche Züchtigung von Kindern zunehmend verpönt gewesen. Die Prügelei sei signifikant zurückgegangen. «Ich habe Pech gehabt», sagte ich. Estragon nickte.

Nach der unruhigen, verschwitzten Traumnacht habe ich mich aufgerafft. Ich fahnde gezielt nach der Frau im lindengrünen Kleid. Ich denke, dass ich Belmondo leichter finden und mich dann über ihn an Linda Evangelista herantasten kann. Ich blättere durch die Internetseiten beruflicher Netzwerke. Durch die Klatschseiten des lokalen Gratisblattes. Ich laufe durch die Straßen auf der Suche nach dem unförmigen schwarzen Auto, dessen Kennzeichen ich gespeichert habe. Die fiebrige Suche beeinträchtigt mein logisches Denken und Handeln genauso wie ein echtes Fieber die körperlichen Funktionen beeinträchtigt. Das stört mich. Ich halte mich für einen rational denkenden und handelnden Menschen.

Stundenlang stehe ich vor der Einfahrt des Parkhauses, wo Belmondo das schwarze Automobil geparkt hatte. Ich setze mich in ein Kaffeehaus schräg gegenüber meinem Restaurant, dem *Sirenengesang*, in dem ich sie getroffen hatte. Starre stundenlang auf dessen Eingang. Ich gehe sogar so weit, im *Sirenengesang* zu essen, obwohl nicht Donnerstag ist. Vergeblich hoffe ich, sie wiederzusehen. Der italienische Kellner und die Serviererin vom Balkan blicken mich fragend an. Ich bestelle Rinderbraten mit Risotto und Gemüse statt der Kalbsleber. Der Inhaber des Restaurants ist wie gesagt Grieche. Der Name *Sirenengesang* stammt aus der griechischen Mythologie. Aber aufgetischt wird hiesige Traditionsküche. In Gedanken verloren, schneide ich die Bratenstücke in kleine Würfel. Diese stecke ich mir, einen nach dem andern, in den Mund. Ich schmecke nicht, was ich esse.

Statt zwei Gläsern Merlot werden es fünf. Ich hätte die ganze Flasche bestellen können. Am Schluss zwei Schnäpse. Evangelista und Belmondo lassen sich nicht blicken.

Manchmal fragte ich mich, ob es Erwachsene erregt, ein kleines, nacktes Kind zu schlagen. Ein heimlicher sadistischer Lustgewinn, den man sich nie eingestünde. Den Schmerz, den man zufügt und die Macht, die man ausübt.

«Es schmerzt mich mehr als dich», behauptete Vater, wenn er schlug. Aber stimmte das? War es nicht nur eine willkommene Ausrede, weil er in Wirklichkeit wusste, dass er mir unrecht tat? Er war jähzornig, ja. Aber wenn er mir den Arsch versohlte, tat er das mit Vorbedacht und systematisch.

5

Nach Tagen des unkonzentrierten und unstrukturierten Nachforschens habe ich eine Spur gefunden. Zuerst wollte ich es auf die komplizierte Art versuchen. Ich überlegte mir, die Website der Straßenverkehrsbehörde zu hacken, um so an die Datenbank zu gelangen, welche die Autokennzeichen mit ihren Haltern verknüpft. So, dachte ich, könnte ich den Besitzer des schwarzen Automobils mit dem mir bekannten Kennzeichen ausfindig machen. Aber die Übung erwies sich als unnötig. Ich brauchte nicht nach Schwachpunkten zu fahnden, um ins System des Amtes einzudringen. Als ich auf der Website nach möglichen Einfallstoren suchte, stieß ich auf eine Funktion, deren Einfachheit mich beschämte: Wenn man das Kennzeichen kennt, kann man den Namen des Fahrzeughalters abfragen. Man erhält ihn per SMS zugestellt, es sei denn, der Halter habe diese Funktion blockieren lassen. Die meisten tun das nicht. Sie denken gar nicht daran, dass jemand sie finden will.

Das schwarze Auto ist auf den Namen einer Treuhandgesellschaft eingelöst. Es ist dieselbe Firma, bei der Kathy als Controllerin und Petronius als ihr Chef arbeiten oder gearbeitet haben. Ob sie noch da ist, weiß ich nicht. Seit ich Kathy auf der Zuschauerbank des Gerichtssaales sah, bei meiner Verurteilung, haben wir keinen Kontakt mehr. Sie wollte wohl sichergehen, dass ich der gerechten Strafe zugeführt würde.

Das Leben hält immer wieder die seltsamsten Zufälle bereit, denke ich, als ich mich vor der Zufahrt zur Tiefgarage der Treuhandfirma positioniere. Und dann muss ich über die Banalität dieser Erkenntnis lachen. Ob das Rayonverbot nach so langer Zeit noch gilt? Zweihundertfünfzig Meter um das Gebäude von Kathys Firma, zweihundertfünfzig Meter um ihr Wohnhaus.

Mehrere Tage beobachte ich nun schon die Rampe hinunter in die Tiefgarage der Treuhandgesellschaft. Vergebens. Ich sehe Petronius. Er hat seinen blauen Kombi mit dem Kindersitz auf der Rückbank gegen ein anthrazitfarbenes SUV ausgetauscht, immer noch mit Kindersitz. *Der Mistkerl mimt den besorgten Familienvater*, denke ich, *und schläft heimlich mit seinen Mitarbeiterinnen.* Ob die *Corporate Governance* der Treuhandfirma ein solches asymmetrisches Verhältnis überhaupt zuließe, Vorgesetzter im Bett mit Untergebener? Vermutlich nicht.

Ich sehe Sportwagen, Limousinen, SUV, mehrere Motorräder mit vermummten, dick eingepackten Fahrern. Sogar Kathy sehe ich neben ihrem Fahrrad, mit einer Kollegin samt einem anderen Fahrrad heiter schwatzend. Erst später bemerke ich meinen Irrtum. Die Frau mit dem Fahrrad ist nicht Kathy. Sie gleicht ihr von hinten, ist klein und breit. Von vorn gleicht sie ihr nicht. Das schwarze unförmige Auto mit dem bekannten Kennzeichen bleibt aus. Ich habe meine alte rote Vespa revidieren lassen. Sie läuft wieder wie geschmiert. Wenn das schwarze Auto aus der Tiefgarage kommt, werde ich es verfolgen.

Mein Chef, Knellwolf, zitierte mich ins Büro. Ich mache zu viele Fehler und sei zu oft abwesend, wenn die Konferenztelefone stattfinden sollten. Kunden beschwerten sich. Zum Gespräch mit Knellwolf kam ich zwanzig Minuten zu spät. Ich murmelte eine Entschuldigung. Eine Frau von *Human Resources* war dabei. Nicht Franzi. Franzi hatte gekündigt und war weitergezogen.

Wir hatten nach der gemeinsamen Nacht stets die Unschuldslämmer gespielt, als ob nie etwas geschehen sei zwischen uns, ja, als kennten wir uns kaum. Das war anstrengend. Ich konnte nicht anders, als an gewisse anatomischen Besonderheiten Franzis zu denken, wenn ich sie sah: ihre breiten Hüften und die etwas zu kurzen Beine. Die Asymmetrie ihres Gesichtes, als ob die linke Seite eingedrückt worden wäre, faszinierte mich und stieß mich gleichzeitig ab. Franzi verschwand eines Tages aus der Firma, ohne sich bei mir verabschiedet zu haben.

Was Knellwolf hinter seiner schwarzen Hygienemaske nuschelte, verstand ich kaum: «Ich kann deine ständigen Abwesenheiten nicht mehr tolerieren. Noch ein versäumtes Zoom-Meeting, und du bist out!»

Die Frau von *Human Resources* verzog keine Miene und blieb stumm. Knellwolf befahl mir, einen Wisch zu unterschrieben. Die Frau von *Human Resources* schob mir die Papiere über den Tisch zu. Ich unterschrieb, ohne sie gelesen zu haben.

Nachdem ich zwei weitere Male gefehlt hatte, kam Ende April, kurz nach meinem einundfünfzigsten Geburtstag, der Brief. *Per sofort freigestellt.* Sie werden mein Gehalt noch sechs Monate auszahlen plus anteilsmäßig den dreizehnten Monatslohn. Für eine fristlose Kündigung hat das Fehlverhalten, das sie mir vorwerfen, nicht gereicht. Sie halten die ordentliche Kündigungsfrist ein, die in meinem Arbeitsvertrag festgesetzt ist. Sechs Monate bezahltes Nichtstun. Es gibt Schlimmeres.

Mutter zog schließlich mit uns aus. Sie war achtunddreißig Jahre alt, ich war elf, Imelda dreizehn. Vater war ein Bewunderer von Ferdinand Marcos gewesen. Das erklärt den Vornamen meiner Schwester. Mutter nahm wieder eine Arbeit an der Universitätsklinik an. Krankenschwester nannte man ihren Beruf damals, vor fast vierzig Jahren. Heute wäre sie eine Pflegefachfrau. Oder, modisch und geschlechtsneutral, eine Pflegefachperson. Sie arbeitete nachts. Tagsüber wollte sie sich um ihre Kinder kümmern, um uns. Manchmal übernachtete ihre Mutter, unsere Großmutter, bei uns. Sie hieß Katharina wie meine spätere Freundin Kathy, wurde aber Trina genannt. Trina machte Mutter Vorwürfe wegen der gescheiterten Ehe: «Dein Mann war ganz in Ordnung. Er verdiente gut. Du musstest nicht arbeiten gehen. Ich verstehe dich nicht.»

Mutter antwortete mit einem Kopfschütteln und einem

Schnalzen, das Unwillen ausdrückte. Sie widersprach nicht. Manchmal, wenn Großmutter keine Zeit hatte, blieb ich nachts mit Imelda allein. Ich erinnerte mich an die Schläge mit dem Teppichklopfer und fürchtete mich. Ich schlüpfte zu Imelda unter die Decke. Sie gab mir ein Gefühl der Geborgenheit. Mutter schalt mich, wenn sie mich im Morgengrauen nach ihrer Rückkehr von der Nachtschicht bei Imelda im Bett fand. «Ein großer Bub wie du tut sowas nicht.» Ich verstand nicht, was sie meinte.

Wir waren geflohen, in eine andere Stadt umgezogen, weit weg, während Vater ein Schulferienlager in den Bergen leitete. Mutter hatte in den Zeitungen der Stadt, aus der sie kam und in die wir nun wieder zogen, heimlich nach einer Wohnung gesucht. Drei Zimmer, eines für mich, eines für sich und Imelda. Imelda und die Großmutter schliefen nachts in dem Bett, Mutter tagsüber, während wir in der Schule waren. Und manchmal schlief ich bei der Schwester, wenn Großmutter nicht gekommen war. Dazu gab es ein Wohn- und Esszimmer, eine Küche, ein Bad, ein Besucher-WC, das ich ganz für mich allein nutzen durfte, und einen Balkon. Sie ertrage Vaters Jähzorn nicht mehr, sagte Mutter, als wir in die neue Wohnung eingezogen waren.

Später – vor wenigen Jahren, kurz bevor sie mühevoll starb – riss Mutter die Barrieren nieder. Ihr ganzes Leben lang war sie gehemmt gewesen und hatte uns ihre Gefühle vorenthalten. Im Bewusstsein des bevorstehenden Todes legte sie ihre Hemmungen ab. Sie gestand, dass sie Vater fast täglich zu Diensten sein musste. Dies, obwohl sie den Akt, den sie anfänglich noch als einigermaßen angenehm empfunden hatte, mit der Zeit, zunehmend unbefriedigt, verabscheute: «Er hat jeweils nicht lange gefackelt. Hat sich auf mich gestürzt. Hat sich genommen, wonach ihn verlangte.»

Das war der wirkliche Grund für unsere Flucht gewesen. Sie habe danach, sagte Mutter kurz vor ihrem Tod, niemals mehr mit einem Mann zusammen sein können. Mutter wurde in ihrer Agonie sentimental.

«Du zerfließt in Selbstmitleid», sagte ich zu ihr. Sie weinte.

Für Vaters Tod interessierte sich Doktor Estragon besonders. Ich merkte das, obwohl ich ihn nicht sehen konnte. Er sog eifriger an seiner Pfeife als sonst, was ein halb schlürfendes, halb schmatzendes Geräusch erzeugte.

Ein paar Tage nach unserem Auszug kehrten Mutter und ich in unser altes Haus zurück. Wir reisten mit der Bahn. Ein Auto konnte sich Mutter nicht leisten. Ich schleppte einen großen, leeren Koffer mit. Wir wollten einige Gegenstände und Kleider holen, die wir bei unserer Flucht vergessen hatten oder die noch nicht trocken gewesen waren. Während Mutter oben die Schränke und Schubladen durchforschte, ging ich hinunter in die Waschküche.

Vater war vorzeitig aus dem Schullager zurückgekehrt. Unter ihm lag ein umgestürzter roter Hocker, auf dem er gestanden und den er weggetreten hatte. Jetzt hing er steif an einem grauen Kabel, das er an ein Wasserleitungsrohr unter der Decke und sich selbst um den Hals geknotet hatte. Am Kabel baumelte noch das Etikett eines Baumarktes mit einem Preisschild, das sich mir einprägte: 13.99. Sein Hals war seltsam verdreht und in die Länge gezogen, sein Kopf nach hinten geknickt, sein Gesicht zu einer Grimasse gefroren. Urin durchtränkte seine Hose.

Weshalb sich Vater im Haus erhängte statt sich mit seiner Offizierspistole irgendwo im Wald oder an einem Seeufer zu erschießen, wo nicht ich ihn gefunden hätte, sondern eine Spaziergängerin mit Hund oder ein Liebespärchen, verstand ich erst später. Wahrscheinlich war es ein Selbstmord aus Rache. Es verschaffte ihm Genugtuung, es der Familie ein letztes Mal heimzuzahlen, der verdammten Saubande, die es gewagt hatte, ihn schändlich im Stich zu lassen. Sein Selbstmord war, so dachte ich, die wirksamste Strafe, die er uns erteilen konnte. Sie versetzte uns ins Unrecht. Wir waren schuld an seiner Agonie.

Seine an der Decke hängende Leiche hat in meinem Gedächtnis Wurzeln geschlagen. Oft erwache ich nachts, weil in meinem Traum eine Leiche vor mir baumelt, aus deren Hose der Urin tropft. Jedes Mal, wenn mich die Erinnerung überfällt, wird mir übel. Doktor Estragon meint, der Augenblick, in dem ich den erhängten Vater fand, erkläre manche irrationale Handlungsweise in meinem späteren Leben.

6

Vielleicht war er auf Geschäftsreise oder im Urlaub gewesen. Endlich habe ich Belmondo lokalisiert. Endlich, nachdem ich den Tiefgaragenschlund der Treuhandfirma während mehr als einer Woche jeden späten Nachmittag und frühen Abend observiert habe, taucht das schwarze Automobil aus den Katakomben des Treuhandgebäudes auf. Es ist Anfang April gegen neunzehn Uhr. Fast hätte ich ihn verpasst. Ich bin in nachdenklicher Stimmung. Ich fürchte mich vor einem Dritten Weltkrieg, nachdem die Russen die Ukraine überfallen und dort gnadenlos gewütet haben und der Kriegstreiber in Moskau mit dem Einsatz taktischer Atomwaffen droht. Alles würde ich dem nihilistischen Regime in Moskau zutrauen, sogar die mutwillige Vernichtung des Universums.

Einen Atomkrieg in Europa male ich mir in den fürchterlichsten Bildern aus, ausradiert Städte wie einst Hiroshima, aus denen einzelne verkohlte Häuserstummel ragen, Leichenberge, verbrannte Erde, umherirrende Kinder mit schrecklichen Verbrennungen. Wie in einer Videosequenz sehe ich mich selbst in Zeitlupe in ein schwarzes Kraterloch hinunterrutschen.

Ich war nicht auf Belmondos plötzliches Erscheinen gefasst. Ich gebe nicht leicht auf, doch beinahe hätte ich die Überwachung eingestellt. Die vergebliche Jagd nach der

Frau im grünen Kleid und der Krieg in der Ukraine waren ein unheilvolles Gedankenpaar.

Jetzt lässt mich die Aufregung wieder aufleben. Ich bin aufs Äußerste angespannt. So angespannt, dass es mir kaum gelingt, den Motor meines Rollers anzukicken. Bis ich die Vespa gestartet habe, ist das schwarze Auto die Straße hinuntergefahren und aus meinem Blick verschwunden. Ich fahre in dieselbe Richtung. Nach wenigen hundert Metern habe ich Belmondos Auto wieder vor mir. Es steht vor einem Rotlicht.

Der Mann sitzt allein im großen Automobil. Als es wieder anfährt, bleibe ich so dicht hinter ihm, dass Belmondo mich im Rückspiegel sehen könnte. Ich hoffe, dass er Linda Evangelista irgendwo in der Stadt trifft und dass ich ihnen danach folgen kann. Er fährt in die Innenstadt. Er parkt im selben Parkhaus, in welchem ich ihn und die Frau beim ersten Mal beobachtet habe. Ich stelle meinen Motorroller oben auf dem Platz ab und warte, bis er zum gleißend erleuchteten Ausgang kommt.

Belmondo geht nicht in Richtung des *Sirenengesangs*, sondern in die entgegengesetzte. Vor einem Luxushotel bleibt er stehen. Er wartet, bis sich die automatischen Türen öffnen. Im diskret beleuchteten Entree, an einem glitzernden Stehpult, erwartet ein uniformierter Portier die Gäste. Er grüßt Belmondo höflich, fast unterwürfig. Belmondo ist nicht im Anzug. Er trägt eine Jeans und hellbraune Wildlederschuhe, ein blau-weiß gestreiftes Hemd mit offenem Kragen und einen gelben Kaschmirpullover. Darüber eine teuer aussehende, dunkelblaue Steppjacke. Ich warte einen Moment, betrete dann das Hotel ebenfalls. Mich mustert der Livrierte argwöhnisch.

Über körperliche Liebe und Sexualität hat mich niemand aufgeklärt. Estragon hat mich danach gefragt. Ich habe keine Ahnung, wieso. Im Religionsunterricht am Gymnasium, kurz bevor ich relegiert wurde, wie man einen Rausschmiss damals nannte, führte uns Professor Morelli eine Diaschau vor. Morelli war katholischer Theologe und unser Religionslehrer. Damals gab es noch kein PowerPoint. Ein Diapositiv, auf eine Leinwand projiziert, zeigte ein Pärchen händchenhaltend auf einer Bank. Im nächsten standen sie vor einem Altar, sie in Weiß, er in Schwarz. Im übernächsten hielt die Frau ein Baby im Arm.

Belmondo betritt die Bar des Luxushotels. Ich möchte wissen, mit wem er sich trifft. Aber ich kann ihm unmöglich folgen. Er würde mich vielleicht erkennen. Das Risiko ist zu groß.

Ich war dreizehn Jahre alt, zwei Jahre nach Vaters Suizid, als Großmutter, Mutter, Imelda und ich Ferien auf einem Bauernhof machten. Meine Schulkollegen flogen mit ihren Familien bereits nach Mallorca oder Kreta. Oder sie fuhren mit dem vollgepackten Opel nach Rimini oder Cattolica. Am Anfang des neuen Schuljahres prahlten sie mit ihren Reisen: «Wir hatten den schönsten Bungalow direkt am

Meer. Weißt du überhaupt, was ein Bungalow ist?»

Wir verbrachten zwei Wochen in einer kleinen Ferienwohnung auf einem Bauernhof im Schwarzwald. Unser Mittelmeer war der Schluchsee.

Das wichtigste Ereignis jenes Jahres war gewesen, dass Apple den Macintosh eingeführt hatte. Als ich ihn in einem Geschäft ausprobieren durfte, entschied sich meine Zukunft. Das hört sich pathetisch an. Aber als ich vor diesem Wunderwerk der Technik saß, hatte ich eine Vision wie einst Bernadette Soubirous in Lourdes. Fast fühlte es sich an, als sei der Heilige Geist über mich gekommen und habe meinem Leben eine unvermittelte Wende gegeben: Ich würde es fortan ganz den Computern widmen. Bis heute fasziniert mich – außer Sex vielleicht, ich bin mir dessen aber nicht sicher – nichts mehr als diese elektronischen Geräte und das virtuelle Universum, in das ich dank ihnen eintauchen kann. Der Bildschirm, nicht die Haustür ist mein Einfallstor zur Welt. Natürlich konnte ich mir den ersten Mac nicht kaufen. Ich war, wie gesagt, gerade vom Gymnasium geflogen, und Mutter hatte eine Lehrstelle als Feinmechaniker für mich gefunden. Feinmechanik interessierte mich nicht, aber mit irgendetwas muss der Mensch sich beschäftigen. Jahre später konnte ich immerhin Software-Engineering an einer bekannten technischen Hochschule studieren.

Auf einer Schwarzwaldweide beobachtete ich einen Ziegenbock, der eine Ziege bestieg. Er drang mit lautem Gemecker und rhythmischen Zuckungen seines Hinterteils in sie ein. Auf jener Wiese überkam mich ein weiterer Lourdes-

Moment, der zweite jenes Jahres: Plötzlich verstand ich die geheimnisvolle Verbindung zwischen Mann und Frau, über die nur getuschelt, aber nie offen geredet wurde. Mir wurde bewusst, was die Geschlechter anzog. Dass es bei Menschen wahrscheinlich ähnlich zuging wie bei Geißen. Gesprächsfetzen von Erwachsenen oder jungen Aufschneidern hatte ich schon aufgeschnappt. Es waren eher verschlüsselte Botschaften als klare Informationen gewesen.

Seit ich die kopulierenden Ziegen gesehen hatte und mir denselben Vorgang bei Menschen vorstellen konnte, nahm ich die Gewohnheit an, mich nachts im Bett anzufassen. Natürlich nicht, wenn ich bei Imelda lag. Nur, wenn ich allein war. In den noch halb wachen Momenten kurz vor dem Einschlafen hatte ich seltsame Visionen. Zum Beispiel brachte mich die Schwarz-Weiß-Fotografie einer schwarz glänzenden Afrikanerin mit weit vorstehenden Brüsten in Wallung, die nur eine Kette mit Holzperlen über dem Bauch trug. Ich hatte sie in einem Buch über eine Expedition zu den Quellen des Nils gesehen. In einem anderen Bildband streckte mir die nackte Maja von Goya ihre strotzende Körperlichkeit entgegen.

Natürlich wusste ich dank Imelda, wie sich Mädchen von Buben unterscheiden. Aber erst die Bilder der Maja und der Afrikanerin lehrten mich, dass diese Unterschiede mich aufreizten. Ich erzählte niemandem davon. Blätterte, wenn ich allein war, die Bücher in Mutters kleiner Bibliothek durch. Nachts sorgte ich dafür, dass ich weder auf dem Laken noch der Bettdecke Spuren hinterließ.

Ich habe mich in der Lobby des Hotels auf einen breiten Ledersessel niedergelassen, einen Gin Tonic («Viel Eis, wenig Tonic, eine Gurkenscheibe!») bestellt und gleich bezahlt, als die Kellnerin das bauchige Glas vor mir auf das Tischchen stellte, zusammen mit einem Schälchen mit Salznüssen. Wie ein Detektiv in einem amerikanischen Kriminalroman verstecke ich mich hinter einer Zeitung. Nach einiger Zeit, es ist mindestens eine Stunde verstrichen, kommt Belmondo aus der Bar. Er ist in Begleitung zweier Männer. Einer ist Petronius. Der andere ist Zöchling, ein Anwalt mit nicht ganz lupenreinem Ruf. Zöchling hat mehrere Verfahren wegen Geldwäscherei und ungetreuer Geschäftsbesorgung heil überstanden, weshalb die Behörde ihm das Anwaltspatent nicht entziehen konnte.

Die drei wechseln hinüber in den Rauchersalon. Wahrscheinlich werden sie dort kubanische Zigarren paffen, Single Malt schlürfen und einen nur halbwegs legalen Deal besprechen. So stelle ich mir das vor. Das wird länger dauern. Ich ordere einen zweiten Gin Tonic.

Jahre, bevor Kathy mich in einer Badeanstalt ansprach und beschloss, dass wir ein Paar würden, schickte mich Mutter zu Pfarrer Samuel Bullinger in die Ferien. Bullinger war Musik- und Religionslehrer am selben Gymnasium gewesen, an welchem Vater Sport und Geografie unterrichtete. Er war einer der wenigen von Vaters Kollegen, die nach dessen Suizid Kontakt mit uns hielten. Vielleicht betrachtete er uns Überlebende als seelsorgerisches Projekt. Bullinger übernahm das reformierte Pfarramt, nachdem seine Frau an einem Tumor gestorben war. «Dem Leben einen Sinn geben» nannte er den beruflichen Neubeginn.

Pfarrer Bullinger war etwa fünfundfünfzig Jahre alt und bewohnte mit drei Töchtern und einer Haushälterin das kühle Pfarrhaus neben der Kirche. Der dreistöckige, mindestens zweihundert Jahre alte Bau aus Stein mit großen Fenstern auf den Hauptplatz hinaus und Sicht auf den Fluss an der Stelle, an der er aus dem See strömte, hatte zahlreiche Räume. Ich wohnte in einer Kammer im Dachgeschoss, von wo ich den See sehen konnte.

Ich war siebzehn Jahre alt. Die Welt öffnete sich, wurde spannender und komplizierter. Steffi Graf gewann in Wimbledon die englischen Tennismeisterschaften. Sie war zwei Jahre älter als ich. Sie war schon ganz oben und besiegte die unbesiegbare Martina Navratilova. Ich hatte noch nichts erreicht. Ich stellte mir vor, wie es wäre, wenn Steffi mich umarmte, bei mir im Bett läge. Das erregte mich.

Im Persischen Golf holte eine Luftabwehrrakete, abgeschossen vom amerikanischen Zerstörer *Vincennes*, eine iranische Linienmaschine vom Himmel. Am Fernsehen verfolgte ich, wie ein Airbus bei einer Flugvorführung im Elsass in einen Wald stürzte. Ich malte mir aus, wie es wäre, in einem abgeschossenen oder abstützenden Flugzeug zu sitzen. Die Gedanken forderten mein Vorstellungsvermögen heraus, denn ich hatte noch nie in einem Flugzeug gesessen. Im Flugzeug abzustürzen gehörte fortan zum Repertoire meiner Albträume.

Ich bin tief in meinen Lounge-Sessel hineingesackt. Ich kneife mich in den Arm, um nicht einzuschlafen. Zu viele Nächte habe ich durchwacht. Habe Pläne geschmiedet, mich selber befriedigt (wobei *befriedigen* ein unzutreffender Ausdruck ist, *erleichtern* wäre präziser), Fieberträume durchgestanden, Strategien ausgedacht, Computerkriege geführt. «Du bist ein Nerd», hatte Kathy in einem fröhlichen Moment gesagt. Ich bin Belmondo direkt auf der Spur. Ich darf nicht versagen.

Pfarrer Bullinger gehörte einer anderen Generation an als ich. Er war, verglichen mit mir, ein alter Mann. Aber insgeheim bewunderte ich ihn. Er war ein Hüne, fast zwei Meter groß, bodenständig und gleichzeitig intellektuell. Er las Bücher in sechs Sprachen, in deutsch, französisch, italienisch, hebräisch, lateinisch und altgriechisch. Er sammelte Insekten, die er auf feinen Nadeln aufspießte. Unterhielt ein Herbarium mit den Pflanzen der Region. Klavierunterricht hatte ich schon gehabt; Bullinger brachte mir das Orgelspiel bei. Ich war fasziniert, wenn seine riesigen Hände flink über die Tasten huschten.

Ich spielte danach während mehrerer Jahre Orgel in einer Kirche. Natürlich nicht in der Barockkirche mit den nackten Putten an der Decke, sondern in einer schlichten Kapelle in der Altstadt, in der Paare heirateten und Leichen auf den letzten Weg geschickt wurden. Ein paarmal lud mich die Hochzeitsgesellschaft oder die Trauergemeinde danach zum Aperitif ein.

Ich mochte Samuel Bullinger. Er war ein kluger, erfahrener Mann und behandelte mich wie einen Gleichberechtigten. Zum ersten Mal war ich nicht der Bub, der Schüler, der komische Kauz, sondern ein angehender Mann. Bullinger stellte mir Fragen. Wartete, bis ich meine Meinung formuliert hatte. Berücksichtigte meine Antworten und baute sie in seine Argumentation ein. Ich kam mir beinahe erwachsen vor.

Mein Dachzimmer hatte einen leicht unebenen Boden. Die Bettlaken rochen nach Waschpulver. Bei offenem Fenster hörte ich das Gurgeln und Zischen und Rumpeln des Wassers, das durch die Schleusen aus dem See floss. Die Geräusche wiegten mich in den Schlaf. Ich mochte sie und schlief hier ruhiger, tiefer und länger als in der Stadt.

Aber noch mehr mochte ich Susy, die mittlere der drei Bullingertöchter. Sie war ein Jahr jünger als ich und gerade konfirmiert worden. Als Katholik stellte ich mir die Konfirmation bei den Reformierten wie eine Lizenz zum Eintritt in die Welt vor. Ich beobachtete Susy und ihr selbstsicheres Auftreten, wann immer sie in meiner Nähe war. Beim Frühstück in der Küche. Beim Aufhängen der Wäsche im Garten. Beim Lesen. Beim Radiohören. (Einen Fernseher besaß die Pfarrersfamilie nicht.) Wenn sie aus dem Haus ging, um Einkäufe zu tätigen, begleitete ich sie und trug die Einkaufstaschen, wogegen sie sich kokett wehrte, was mich anstachelte. Es erregte mich, wenn sie ihre blonden Haare aus dem Gesicht strich und mit der rechten Hand den linken Arm streichelte, wenn ich mit ihr redete. Manchmal hatte sie die Haare zu einem komplizierten Zopf geflochten und sah aus wie ein lebendig gewordenes Porträt von Albert Anker. Das war nicht meine Welt, überhaupt nicht. Ich fand sie faszinierend. Wenn Susy mich am Arm berührte, spürte ich ein elektrisierendes Kribbeln.

Die Abende waren lang. Abwechslung gab es nur wenig, außer wenn wir zu viert, Susy, ihre jüngere Schwester Gaby, Pfarrer Bullinger und ich, Karten spielten oder *Eile mit Weile.* Manchmal spielten wir Memory, aber das wurde schnell langweilig, weil stets der Pfarrer gewann. Susys ältere Schwester war nur noch in der Erinnerung präsent; sie lebte als Au Pair im Waadtland.

Susy und ich machten es uns zur Gewohnheit, uns am frühen Abend auf eine Bank unter einem Kastanienbaum vor dem Pfarrhaus zu setzen. Wir diskutierten über Gott und die Welt, wie man damals sagte. Nur die Frage, die mich am meisten brannte, blieb unausgesprochen. Manchmal gesellte sich der Pfarrer zu uns. Susy brachte ihm ein Glas Apfelwein und Gebäck. Samuel Bullinger erzählte von Marburg und seiner uralten Universität. Dort hatte er nach dem Zweiten Weltkrieg Theologie studiert. Damals, als Deutschland in Trümmern lag und die Bundesrepublik gerade im Entstehen war. «Es herrschte eine wahnsinnige Aufbruchstimmung. Das kann man sich heute kaum mehr vorstellen. Die Wirtschaft boomte. Gleichzeitig erstickte die Nachkriegsgesellschaft am kleinbürgerlichen Mief.»

Bullinger interessierte sich für die aktuellen Ereignisse. Er kommentierte den schleichenden Zerfall des sowjetischen Imperiums und die Machtpolitik des amerikanischen Präsidenten Ronald Reagan. Diesen hielt er für brandgefährlich. Der Krieg zwischen dem Irak und Iran mit Hunderttausenden von Toten war für den Pfarrer eine humanitäre Katastrophe. Die Bemühungen Michail Gorbatschows, den Kommunismus zu reformieren und irgendwie doch noch zu retten, hielt er für aussichtlos. «Der Kommunismus in seiner Gottlosigkeit hat den Menschen geknechtet. Dieser begehrt irgendwann gegen seine Knechtschaft auf.»

Wir diskutierten über Politik. Susy entglitt mir. Ich hätte sie gern verführt, wusste aber nicht, wie. Und wenn sie einmal verführt gewesen wäre, hätte ich nicht gewusst, was ich mit ihr anstellen sollte. So ist es.

Belmondo kommt aus dem Fumoir. Petronius und Zöchling sind noch geblieben. Belmondo legt die blaue gesteppte Jacke über den Arm, die an der Garderobe hängt. Er geht dem Ausgang zu, schlüpft im Entree doch noch in das Kleidungsstück und geht hinaus. Er hat seine Schritte so dosiert, dass er, ohne innezuhalten, durch die sich vor ihm automatisch zweiteilende Glastür schreiten kann. *Schreiten* ist der treffende Ausdruck. Belmondo ist elegant, der Dreckskerl, der mit *meiner* Freundin Evangelista schläft. Aber ich werde ihm die Frau ausspannen. Sie wird *mich* lieben, nicht ihn. Trotz seines großen Autos, der teuren Kleider und des weltmännischen Auftretens. Ich warte einen Moment. Wo sein Auto steht, weiß ich. Ich werde ihn nicht aus den Augen verlieren.

Den Kampf der Palästinenser gegen Israel verfolgte Pfarrer Bullinger ebenfalls. «Tendenziell neige ich der israelischen Seite zu. Die Juden haben das Recht auf einen eigenen Staat nach allem, was man ihnen angetan hat. Aber sie sollten eine Friedenslösung mit den Palästinensern suchen.»

Mit der jungen Diana, die in einer unglücklichen Ehe mit Kronprinz Charles steckte, hatte er Mitleid. «Das Mädchen wurde verheizt, damit Charles die dynastischen Ansprüche erfüllen konnte.» Der GAU im ukrainischen Atomkraftwerk Tschernobyl bestärkte Bullingers Opposition gegen die Atomkraft. Am meisten fürchtete der Pfarrer die menschliche Dummheit. Er meinte, sie werde unweigerlich zu einem neuen großen Krieg führen.

Es wurde August. Meine Ferientage hätten ewig dauern dürfen. Aber sie gingen zur Neige. Ich musste zurück an meine Lehrstelle und die Berufsschule. Ich bat Susy auf einen Spaziergang im nahen Wald. Dort umarmte ich sie und küsste sie auf den Mund. Ich war erregt. Sie wehrte sich. Ich versuchte, sie enger an mich zu drücken Sie trat mir mit einem Knie zwischen die Beine. Wahrscheinlich hatte man ihr diesen rabiaten Akt der Selbstverteidigung im Sportunterricht beigebracht. Der Tritt schmerzte. Der Schmerz brachte mich zur Besinnung. Es gelang ihr, sich loszureißen und davonzurennen. Wenig später trat Pfarrer Bullinger ohne anzuklopfen in mein Dachzimmer. Er hielt seine Wut und seine Enttäuschung nur mit Mühe zurück. «Du packst jetzt und gehst sofort. Ich will dich hier nicht mehr sehen, nie mehr!»

Wieso kommt mir diese längst vergangene Episode gerade jetzt in den Sinn? Genau in dem Moment, da ich die Fährte von Belmondo aufgenommen habe, um die Frau im grünen Kleid zu finden? Die Frau, die mich an Linda Evangelista erinnert und in die ich verliebt bin, seit sie das Kalbskotelett tranchiert hat. Jahre später habe ich mich gefragt, ob ich Susy hätte für mich einnehmen können, wenn ich subtiler vorgegangen wäre. Bestimmt mochte sie mich und war von meinem Ungestüm überfordert. Die Episode macht mich melancholisch. Mich auf sie zu stürzen, sie zu küssen und ihr meine Liebe zu gestehen, schien damals die einzig mögliche Vorgehensweise. Das war ein Fehler. Doktor Estragon habe ich die Geschichte von Susy und Pfarrer Bullinger vorenthalten.

Ich folge Belmondo in die Nacht hinaus. Vor der Ausfahrt der städtischen Parkgarage setze ich mich auf meinen Roller. Diesmal wird mich nichts an der Verfolgung hindern. Ich trete auf den Starthebel. Der Motor der Vespa läuft. Passanten senden missbilligende Blicke in Richtung des Mannes, der auf seiner Vespa sitzt, deren laufender Motor sinnlos in die Nacht hinaus knattert und die Umgebung mit ihrem penetranten Zweitaktergeruch verpestet.

Ich warte ungeduldig, schlage mich mit den Armen, um mich aufzuwärmen. Folge dann den Rücklichtern des schwarzen Autos. Die Rücklichter sind schmal. Sie ziehen sich über die ganze Breite des Wagenhecks. Wir fahren entlang der Altstadt, dann über eine Brücke. Ich habe oft dort gestanden, in Nächten, in denen ich nicht schlafen konnte, habe mich auf das steinerne Geländer gestützt, in die Schwärze unterhalb der Brücke gestarrt. Mir überlegt, ob ich mich in diese Schwärze stürzen sollte. Ich war zu feige. Ich wiederhole mich, ich weiß: zu feige. Feigheit ist eine meiner Charaktereigenschaften. Feigheit und die Unfähigkeit, Beziehungen zu knüpfen und zu erhalten. Die Stadtverwaltung hat Netze unter die Brücke gespannt. Sie sollen Selbstmordkandidaten auffangen.

Nach der Brücke durchschneidet eine lange, gerade Straße mit Tramschienen in der Mitte und einem Fahrradweg, der von der Fahrbahn durch einen Grünstreifen getrennt ist, ein Quartier mit alten Villen in großen Gärten. Diese sind in der nächtlichen Schwärze nur zu erahnen. Dazwischen ebenso alte, zusammengebaute Mehrfamilienhäuser. An manchen Balkonen hängen Flaggen der Ukraine.

Die Straße steigt leicht an. Die Nacht ist kalt. Mich friert. Ich habe, als ich am späten Nachmittag Position vor dem Gebäude der Treuhandfirma bezog, nicht daran gedacht, für Aprilnächte geeignete Kleidung mitzunehmen.

Links und rechts ist die Straße von prächtigen Gebäuden von Botschaften und Finanzinstituten gesäumt. Manchmal geht ein Scheinwerfer an, wenn das Auto am eisernen Tor einer Botschafterresidenz vorbeifährt. Sicher werden wir gefilmt. Ein schwarzes Automobil mit weißgleißenden Scheinwerfern und breiten Rückleuchten. Gefolgt von einem knatternden roten Motorroller, der eine bläuliche Abgasfahne hinter sich herzieht. Mit einem Fahrer, dessen Gesicht unter einem silbrig glänzenden Helm mit Plexiglasvisier verborgen bleibt.

An einem Kreisverkehr am Ende der langen Avenue nimmt Belmondo die erste Ausfahrt. Noch eine Gerade mit Tramschienen und Fahrradweg, die sich in der Unendlichkeit zu verlieren scheint. Nicht mehr ansteigend, sondern plan. Die Stadt stößt an ihre Grenze, ohne dass diese sichtbar wäre. Eine Ortstafel zeigt an, dass wir uns nunmehr in einem Vorort befinden.

Belmondo biegt rechts in eine leicht abfallende Quartierstraße ein. Reiheneinfamilienhäuser, dazwischen größere Villen, viele noch hell erleuchtet, obwohl es gegen Mitternacht geht. Das schwarze Auto bleibt vor einem breiten Tor aus hohen, oben zugespitzten Eisenstäben stehen. Ein Flutlicht geht automatisch an und wirft seinen Schein kegelförmig auf das Auto. Alles rundherum ist in Dunkelheit gehüllt. Leise quietschend öffnet sich das Tor. Ich bin im Schatten eines auf der Straße geparkten Wohnmobiles stehengeblieben und habe den Motor der Vespa abgewürgt. Das schwarze Auto gleitet durch das Tor. Dieses schließt sich hinter ihm mit einem knirschenden Geräusch. Das Licht erlischt. Ich fahre im Schritttempo an dem Garten vorbei, hinter dem ich Belmondos Haus erahne. Ich kenne jetzt seine Straße. Die Hausnummer an der gemauerten Toreinfassung ist schwach beleuchtet: 53.

Stehenbleiben und beobachten kann ich hier nicht. In so einem Wohnviertel passen die Nachbarn auf. Wenn sich etwas Ungewohntes ereignet, rufen sie die Polizei. Soziale Kontrolle ist für meine Beobachtungen keine gute Voraussetzung.

7

Nach dem Abstecher zu Belmondos Gartentor sitze ich durchfroren zu Hause. Ich habe mir einen Tee aufgebrüht und mit reichlich Rum versetzt. Ich schlürfe ihn, obwohl er noch höllisch heiß ist und ich mir den Mund verbrenne. Ich habe mich – wieder einmal, wie ich gestehe – wie ein Idiot benommen. In der Aufregung vergisst man die einfachsten Vorgänge. Mentale Erregung lähmt das Vermögen, logisch zu denken. Ich stand tagelang an der Ausfahrt der Tiefgarage der Treuhandfirma. Dann verfolgte ich in einer eisigen Aprilnacht das schwarze Auto mit Belmondo am Steuer durch die halbe Stadt bis in die Vororte. Ich hätte mir eine Frühlingsgrippe holen können. Eine furchtbare Erkältung. Eine Pneumonie. Das Naheliegendste aber habe ich versäumt. Wieso habe ich nicht auf der Website der Treuhandfirma nachgeschaut?

Ich komme ins Brüten. Wenn ich ins Brüten komme, dann poppen all diese alten Geschichten auf. Zum Beispiel die Reise nach Genf mit einem Kumpel namens Friederich Wartenweiler. Fritz, den ich im Zivilschutz kennengelernt hatte und später nie mehr sah. (Für die Armee wurde ich als untauglich eingestuft. Ich hoffe, mein Vater hat sich damals ein letztes Mal in seinem Selbstmördergrab umgedreht.)

Bei einer über mehrere Tage sich erstreckenden Zivilschutzübung mussten wir eine Notschlafstelle auf- und danach wieder abbauen. Es war die langweiligste Betätigung, die man sich denken kann. Hunderte Betten zusammenschrauben, die Gestelle akkurat ausrichten, dünne Matratzen, Bettlaken, Wolldecken in genau vorgegebener Weise darauf anordnen. Dabei kam ich mit Fritz ins Gespräch. Fritz war Maschinenschlosser und arbeitete als Verkäufer bei einer Firma, die Nägel, Schrauben und andere Metallwaren produzierte. Er sagte, Genf sei die aufregendste Stadt der Schweiz, und wir sollten unbedingt für ein paar Tage dahin reisen.

In Genf angekommen, brauchten Fritz und ich eine Bleibe für die Nacht. Das Dreisternehotel am Platz beim Bahnhof, in welchem Fitz jeweils abstieg, wenn er auf Geschäftskosten unterwegs war, war uns zu teuer. Der grinsende Concierge behandelte uns wie unbeholfene Bauernlümmel. Er schickte uns hinunter ins Quartier Pâquis: «Dort werdet ihr ein billiges Zimmer bekommen», sagte er mit spöttisch hochgezogenen Augenbrauen.

Wir trugen unsere Reisetaschen durch die engen, spärlich beleuchteten Gassen des alten Quartiers. Aus verschatteten Hauseingängen zischte und pfiff es leise. Ich brauchte ein paar Minuten, bis ich begriff, woher die Geräusche kamen. Im Halbdunkel lungerten junge Frauen herum. Sie wollten diskret auf sich aufmerksam machen, um vielleicht an dem Abend doch noch etwas zu verdienen. «Chéri, veux-tu une pipe?», fragte eine. Ich wunderte mich über das Gelächter nach meiner Antwort: «Non, merci. Je ne fume pas.»

Schließlich kamen wir zu einem schmalen Gebäude mit abblätterndem Putz und einem schwach beleuchteten Hotelschild. Im Erdgeschoss befand sich eine Kneipe. Fröhliches Stimmengewirr schlug uns entgegen, als wir die Türe öffneten.

«Da können wir sicher billig übernachten und werden etwas zu essen bekommen», meinte Fritz. An der Rezeption saß ein alter Mann mit grauen Bartstoppeln, dem einige Zähne fehlten.

«Wir möchte ein Zimmer für zwei, drei Nächte», sagte ich. Meine Französischkenntnisse waren ein wenig besser als die von Fritz. Nicht gut genug, als dass ich vorhin die Doppeldeutigkeit des Wortes *pipe* verstanden hätte. Der Alte nannte einen Preis. «Im Voraus zu bezahlen.» Wir schoben das Geld über den Tresen. Der Mann drückte uns einen Schlüssel in die Hand. «Zimmer sechs, zweiter Stock». Mit einer unwirschen Kopfbewegung wies er auf die Treppe.

Im Zimmer fanden wir uns kaum zurecht. Im Schummerlicht einer einzelnen, nackten Funzel an der Decke war die Einrichtung kaum auszumachen. Die volle Misere erkannten wir erst, als sich die Augen an das schwache Glühbirnenlicht gewöhnt hatten. An der einen Wand befand sich ein Emaille-Waschbecken mit einem Hahn, aus dem Wasser tröpfelte. Die Tapete hing an einigen Stellen herunter. Ein schwarzer Schrank, von der unablässigen Parade billiger, herein- und hinausgeschleppter Schalenkoffer mannigfach zerschrammt, ein schiefes, unter der kleinsten Berührung wankendes Tischchen und zwei Stühle ergänzten das Mobiliar. Es bestand vor allem aus einem Doppelbett. Wir stellten unsere Reisetaschen hin, schlossen ab und gingen hinunter.

Ich klicke also die Homepage der Treuhandgesellschaft an. Sie bieten sich für alles Mögliche an: Buchhaltung, Steuerberatung und Steuererklärungen, Change Management, Nachfolgeregelungen, Personalwesen, Immobilienverwaltung. Im Inhaltsverzeichnis finde ich das Stichwort *Team*: Zuoberst steht Greg Haudenschild, ein fülliger Mann mit Schnurrbart ungefähr in meinem Alter. *Senior Partner und CEO, Dr. oec. HSG, dipl. Wirtschaftsprüfer* steht unter seinem Bild. Offensichtlich hat der Chef gewechselt: An der *Garden Party* vor einigen Jahren, an der ich mich langweilte und Kathy beim Flirten mit Petronius beobachtete, war mir ein anderer Direktor vorgestellt worden. Petronius, Kathys Vorgesetzten und Lover oder Ex-Lover, finde ich etwas unterhalb von Haudenschild: Serge Petronius, *Senior Partner, Chief Financial Officer, Mitglied der Geschäftsleitung, lic. rer. pol., dipl. Betriebswirt*. Und natürlich prangt Belmondo in seiner ganzen Mannespracht auf der Website. Er heißt Remund P. Glanzenberger, *Partner, Leiter der Immobilienabteilung, lic. phil., MBA, dipl. Immobilienbewirtschafter*. Remund Glanzenberger also. Wahrscheinlich nennt er sich *Remo* oder *Remy*. *Belmondo* klingt weltläufiger. Ich werde ihn weiterhin *Belmondo* nennen.

Sofort gebe ich den Namen *Glanzenberger* ins Internet-Telefonverzeichnis ein. Bingo! Hier ist er samt seiner Festnetznummer, seiner Handynummer und seiner Vorortsadresse mit der Hausnummer 53. Jetzt muss ich nur diese Adresse eintippen und hoffen, dass Linda Evangelista dort ebenfalls eingetragen ist, und ich endlich weiß, wie sie heißt. Fehlanzeige! Unter der Nummer 53 ist eine einzige Person verzeichnet: Glanzenberger selbst. Also muss ich die Verfolgung wieder aufnehmen, um mit Belmondos unfreiwilliger Hilfe die Frau in Grün zu lokalisieren. Ich muss sie finden; ich kann nicht anders.

Die Kneipe war verraucht, ebenfalls spärlich erleuchtet und sehr laut. Immerhin fanden wir freie Plätze und bestellten Schweineschnitzel mit Pommes Frites und Tomatensalat und dazu einen halben Liter Rotwein. Ich wollte früh zu Bett. Ich war müde von der Reise. Fritz blieb. Ich kam ins Zimmer und schlug die Decke zurück. Und sah einen dunkelroten, ins Bräunliche changierenden eingetrockneten Fleck auf dem Bettlaken. Schnell deckte ich das Bett wieder zu und legte mich in den Kleidern hin.

Es waren wohl ein paar Stunden vergangen. Ich schreckte auf. Fritz war nicht im Zimmer. Ich war von seltsamen Geräuschen umgeben. Knarrende Treppenstufen, Türen, die ins Schloss fielen, leise Stimmen, lautes Stöhnen und Keuchen, rhythmisch knirschende Betten. Unruhig wälzte ich mich hin und her. Versuchte, die Schläge einer Kirchturmglocke zu zählen, die weit entfernt die Stunde anzeigte. Tauchte erneut auf aus dem Halbschlaf. Stellte fest, dass ich in Kleidern auf einem fremden Bett in einer schäbigen Kammer lag. Überlegte mir, aufzustehen und nachzusehen. Verwarf die Idee. Der kurz aufblitzende Gedanke, genau jetzt einer Frau beizuwohnen, zum ersten Mal in meinem zwanzigjährigen Leben und unter unhygienischen Umständen, verstörte mich.

Jemand klopfte an die Tür. Eine junge, dunkle Frau schlüpfte an mir vorbei in das Zimmer. Sie heiße Joëlle, sagte sie. Sie sei Senegalesin. Sie machte sich an meinen Kleidern zu schaffen. Sie verlangte Geld. Dann zog sie sich aus. Unter den engen Leggins und dem T-Shirt trug sie nichts. Ihre großen, straff vorstehenden Brüste erinnerten mich an die Afrikanerin auf der Schwarz-Weiß-Fotografie im Buch über die Nilquellen. Sie roch säuerlich. Sie griff zwischen meine Beine. Es geschah nichts. Anders als die Frau auf der Fotografie erregte mich diese Frau auf meinem Bett nicht. Nachdem sie eine Zeitlang gerieben und gezupft und gesaugt hatte, schüttelte sie den Kopf und meinte: «Ça ne sert à rien.» Sie werde jetzt gehen. Mir war es recht. Eine derartige Niederlage musste ich allein verarbeiten.

Ich fiel in einen unruhigen Schlummer. Ich nahm die schwarze Frau in die Arme, aber jedes Mal, wenn ich ihre Wärme spürte, begann mein Körper zu schmelzen wie ein Stück Butter in der Bratpfanne.

Fritz weckte mich am frühen Morgen. Er war fröhlich, roch nach Schweiß, Alkohol, Tabak und einem süßlichen Frauenparfüm, und er hatte das dringende Bedürfnis, die Stunden zu schildern, die er mit einer betrunkenen portugiesischen Prostituierten verbracht hatte: «Ich sage dir, dieser Hintern, wie eine riesige ...»

«Hör auf!», befahl ich. Ich fühlte mich beschämt, elend und nutzlos.

«Dann halt nicht …», brummte Fritz beleidigt, legte sich hin und schlief ein.

Das missglückte Abenteuer habe ich vor Doktor Estragon in allen Einzelheiten ausgebreitet. Irgendetwas musste ich ihm ja erzählen. Das erwartete er von mir. Ich konnte nicht einfach schweigend daliegen und die Therapiestunden auf der Chaiselongue vorbeiziehen lassen. Von Susy mochte ich nicht sprechen.

Der Psychiater gab mir, wie so oft, keine Antwort. Seine Miene konnte ich nicht sehen. Er war ein Psychiater der alten Schule, nicht wie Frau Schertenleib, die mir gegenübergesessen und ins Gesicht geschaut und mich in ihrer weiblichen Leiblichkeit verstört hatte, bis ich den Fehler beging, ihr meine Gefühle zu gestehen. Bei Doktor Estragon lag ich auf einer Chaiselongue. Er saß hinter mir in einem Sessel, sodass er mich betrachten konnte, ich ihn aber nicht. Chaiselongue und Sessel waren mit dunkelgrünem Samt bespannt. Estragon rauchte Pfeife, was die Nikotinflecken auf dem Bart erklärte. Der Samtbespannung meines Liegebettes entströmte ein Geruch von kaltem Rauch wie einst der Geruch nach verglühtem, kalt gewordenem Weihrauch, der zu meiner Jugendzeit wie ein Hauch Ewigkeit in schlecht gelüfteten Kirchen hing.

Ich muss mir eine Strategie zurechtlegen, wie ich Belmondo vor seinem Haus abfangen und danach beschatten kann in der Hoffnung, dass er sich irgendwann mit Linda Evangelista trifft. Das wird nicht einfach. In diesen Villenquartieren geht man einander zwar aus dem Weg, aber man observiert die Straße genau und registriert jede Abweichung vom Alltagstrott. Ein Mann, der stundenlang auf einem Motorroller vor einem Haus sitzt, macht sich verdächtig.

8

An der Hauptstraße passe ich Belmondo ab. Es ist Mai. Zwei Monate schon, und ich bin Linda Evangelista noch keinen Schritt nähergekommen. Ich habe einen Platz gewählt, an dem Unruhe herrscht. In großen Metallcontainern entsorgt man hier seine Flaschen, getrennt nach weißem, braunem und grünem Glas. Zudem gibt es Kästen, die Pet-Flaschen, Aluminiumdosen und Plastik verschlucken. Und in einem riesigen Loch verschwindet der Müll - natürlich in farbige Gebührensäcke abgepackt, um sich nicht gegen die Gebote der städtischen Abfallverordnung zu versündigen. Wegen den Müllsäcken riecht es nach Fäulnis und Verwesung. Niemand bleibt länger als unbedingt nötig. Jeder will seine Abfälle so rasch wie möglich loswerden. Niemand nimmt Notiz von dem Mann auf der roten Vespa.

Belmondo muss in seinem Firmenwagen vorbeikommen auf dem Weg zwischen seinem Haus im Vorort und seinem Arbeitsplatz in der Stadt. Ich werde ihm wieder folgen und hoffen, dass er Linda Evangelista trifft, zum Beispiel zum Mittagessen, und dass ich danach ihre Spur aufnehmen kann. Sie wird ihn verlassen, wenn ich ihr meine Gefühle gestehe. Sie hat mir zugezwinkert im Restaurant. Wir sind Komplizen. Sie wartet nur darauf, dass ich mich nähere.

Aber mein Plan überzeugt mich nicht. Ich habe wieder viel zu viel Zeit für Grübeleien. Meine Faszination für Balthasar hätte Doktor Estragon zum Nachdenken gebracht. Mit drei Fingern hätte er seinen Bart durchkämmt. Deshalb erzählte ich ihm Balthasars Geschichte. Aber welche Wirkung sie auf mich hatte, verschwieg ich.

Über Balthasar hatte ich jeden Zeitungsartikel gelesen, den ich finden konnte, damals, als er Frauen attackierte und verhaftet wurde, weil er kreuzdumme Fehler begangen hatte. Jetzt, viele Jahre später, tauchten die Details seiner Taten auf wie schwarze Gesteinsbrocken aus dem Magma meiner Erinnerungen. Im Fernsehen wurde eine Dokumentation gezeigt, zwanzig Jahre nach Balthasars Suizid im Gefängnis. Er hatte sich umgebracht wie mein Vater. Doch womit er sich erhängte, las ich nirgends und musste es mir zusammenfantasieren: Vielleicht mit einem in Streifen gerissenen Bettlaken? Sein Zellennachbar, der Mann, der auf ihn hätte aufpassen sollen, hatte angeblich eine Siesta gemacht, die Balthasar nutzte, um sich aufzuknüpfen. Das habe ich erst jetzt erfahren, als ich mir die Fernsehdokumentation anschaute. Natürlich konnte ich Doktor Estragon nichts mehr erzählen. Es ist Jahre her, seit ich mich aus seiner Sprechstunde entfernte und nie mehr zurückkehrt bin.

Die Sensationspresse nannte Balthasar den *Mitternachtsmörder*. Er war Langstreckenläufer gewesen, hatte einige Rennen gewonnen und war deshalb mindestens den Lesern der Sportseiten und den Einwohnern des Dorfes, in dem er aufgewachsen war, bekannt. Was kaum jemand kannte, bis er seine Morde beging, war Balthasars kaputte Kindheit. Als er vier Jahre alt war, griff ihn die Kinderschutzbehörde auf, zusammen mit seinem sechsjährigen Bruder Moritz. Die beiden, so las ich, waren verwahrlost. Ihre Mutter war verschwunden, als sie Kleinkinder waren. Der Vater war ein alkoholkranker Kleinkrimineller und verbrachte immer wieder Tage und Wochen im Gefängnis. Während dieser Zeit wurden die Kleinen in ein Heim gesteckt, wenn sich jemand an sie erinnerte. Oder sie blieben allein zu Hause und auf sich gestellt, wenn man sie vergessen hatte.

«Der Fall zeigt exemplarisch, wie wichtig die Entwicklung in den ersten Lebensjahren ist», dozierte Doktor Estragon damals, als ich ihm von der Geschichte von Balthasar und den Frauen erzählte. «Der Mensch ist ein soziales Wesen und kann sich nur entwickeln, wenn er in eine Gruppe eingebettet ist», sagte Estragon. «Im Vergleich zu Moritz und Balthasar war Ihre Kindheit ja geradezu harmonisch», meinte er und lachte scheppernd.

Ich hasste ihn dafür. Mein Psychiater dachte wohl, ich würde aus Balthasars Geschichte meine Lehren ziehen. Was ich ihm nicht sagte, war, dass sie mich im Gegenteil faszinierte. Der Gedanke, eine Frau umzubringen, erregte mich.

Ich warte weiter. Den zweiten Tag lauere ich bei den Containern auf Belmondo. Ich habe ihn als einen Menschen mit geregelten Tagesabläufen und eingespielten Gewohnheiten taxiert. Aber Belmondo scheint ein Leben jenseits des Büros zu führen. Wenn ich daran denke, wie er mit Linda Evangelista, mit meiner Linda Evangelista …

Die Observation ist anstrengend. Pausenlos wälzt sich eine Autokolonne Richtung Innenstadt. In den meisten Autos sitzt eine Person. Die Kolonne bewegt sich langsam. Dann bleibt sie stehen. Dann setzt sie sich wieder in Bewegung. Ein Auto nach dem anderen, unablässig. Gegen zehn Uhr, nachdem ich drei Stunden zwischen den Containern ausgeharrt habe, gebe ich auf, fahre nach Hause, lege mich ins Bett und versuche zu schlafen. Vielleicht gelingt es mir am Tag, wenn es nachts nicht gelungen ist.

Balthasar war siebenundzwanzig Jahre alt und, wie gesagt, ein bekannter Langstreckenläufer, als er sich das Leben nahm. Dreiundzwanzig Jahre zuvor, als Balthasar vier war und Moritz sechs, hatte die Kinderschutzbehörde endlich ihre Aufgabe erfüllt. Die beiden Buben wurden auf eine Beobachtungsstation gebracht, dort medizinisch und psychologisch untersucht und einige Monate später Pflegeeltern übergeben, die einen Bauernhof besaßen. Sie adoptierten Balthasar und Moritz, womit die beiden auch den Familiennamen Anders bekamen.

Im Roman würde sich, der Dramaturgie willen, das Martyrium fortsetzen. Es käme zu sexuellen Übergriffen, zu Ausbeutung als billige Arbeitskräfte auf dem Hof, zu Schlägen, Essensentzug. Aber dies ist kein Roman, sondern die Realität, und deshalb ging es den beiden Buben nun erstmals in ihrem Leben gut. Oder es hätte ihnen gut gehen können, wenn sie die neue Situation hätten genießen können, was sie nicht konnten.

Ich habe ein Interview mit der Stiefmutter der beiden gelesen, mit Melitta Anders, geborene Kling. Balthasar, sagte sie, konnte mit vier Jahren noch nicht richtig gehen. Bei Moritz wurde Gehörlosigkeit vermutet, weil er kein einziges Wort sprach. Wenn ein Auto am Hof vorbeifuhr, rannten die Buben in die Scheune und versteckten sich unter dem Heu. Sie hatten Angst. Angst vor Fremden, Angst vor Tieren, Angst vor Donner und Sturm. Nur den Hofhund mochten sie. Melitta Anders denkt, dass sie früher misshandelt worden waren.

Ein weiterer Tag ist sinnlos verstrichen. Jetzt, am dritten, fährt endlich das schwarze Auto vorbei. Zwei Personen sitzen darin, ein Mann am Steuer, eine Frau daneben. Ich nehme die Verfolgung auf, besessen von der Idee, beide gleichzeitig ertappt zu haben und mich endlich an die Frau heften zu können. Einige hundert Meter weiter realisiere ich, dass das Auto das gleiche Modell in der gleichen Farbe ist wie Belmondos Geschäftswagen, aber ein anderes Kennzeichen hat, und dass die Frau auf dem Beifahrersitz keine rotblonden Locken hat und niemals Linda Evangelista sein kann. Ich will umkehren und wieder zwischen den Containern Position beziehen. Doch beim Wenden verkeilt sich das Vorderrad der Vespa in den Tramschienen, und ich stürze halb vorwärts, halb seitwärts auf den Asphalt. Das Trittbrett des Rollers verhindert, dass meine Beine unter die Maschine geraten wie einst, als ich mit einem anderen Motorrad stürzte und danach wochenlang gehbehindert war. Doch mit der Schulter pralle ich schmerzhaft auf. Im Schock bleibe ich liegen. Leute beugen sich über mich. Ein Mann klappt mein Helmvisier zurück und fragt, ob ich ansprechbar sei. Es ist Belmondo, der mitten auf der Straße angehalten hat, die Warnblinker des Autos blinken lässt und sich um mich kümmert.

«Kennen wir uns?», fragt er, als er mein Gesicht sieht.

«Sorry, ich denke, nicht», antworte ich, noch benebelt, aber geistesgegenwärtig.

«Kann ich etwas für Sie tun? Soll ich Ihnen helfen, den Roller aufzustellen?»

Mühsam rappele ich mich auf. Belmondo hilft mir, die Vespa an den Straßenrand zu schieben. Er drückt mir eine Visitenkarte in die Hand. *Remo Glanzenberger, lic. phil., MBA, dipl. Immobilienbewirtschafter.* «Wenn Sie mich brauchen, können Sie gern anrufen!»

Das ist eine völlig neue Situation. Ich muss jetzt noch vorsichtiger sein. Belmondo könnte mich wiedererkennen, wenn ich ihn observiere. Ich starte die Vespa und fahre nach Hause, um meine Strategie in Ruhe zu überdenken. Die Vespa hat kaum Schaden genommen. Das Vorderrad eiert beim Fahren, was die Maschine zum Vibrieren bringt, aber nur leicht.

Ich habe die Fernsehdokumentation aufgezeichnet und schaue sie mir immer wieder an. Ich bin unruhig. Aus der

Ukraine sind furchtbare Bilder übermittelt worden von zerstörten Schulen und Kliniken, von toten Menschen in den Straßen, einige mit auf dem Rücken zusammengebundenen Händen durch Kopfschüsse ermordet. Frauen erzählen mit starrem Blick von Vergewaltigungen. Auch Kinder wurden von Soldaten missbraucht. Es scheint Befehle von weit oben zu geben, schonungslos, erbarmungslos unter der Zivilbevölkerung zu wüten, Angst und Schrecken zu verbreiten und die Menschen in die Flucht zu treiben. «Sie wollen uns nicht erobern, sondern vernichten», sagt eine ukrainische Journalistin.

Ich stelle mir meine Stadt vor, Wohnhäuser, Schulen, Kliniken, Bürogebäude, Kirchen von Granaten auseinandergerissen. Trümmer in den Gassen und Straßen, über die man hinwegsteigen muss, wenn man von der einen Straße in die nächste gelangen will. Umherirrende, erschöpfte Menschen. Kein Trinkwasser, keine Lebensmittel, kein Strom, kein Benzin.

Draußen strahlt die Sonne. Es wird warm in der Wohnung. Ich habe alle Fenster abgedunkelt. Statt dass ich schlafe, drehen sich die Bilder im Kopf. Moritz und Balthasar summen die Begleitmelodie zu meiner Stimmung, oder vielleicht ist es genau umgekehrt. Egal! Ihre Adoptiveltern versuchten alles, um ihnen ein geregeltes Leben und eine Zukunft zu schenken. Doch die beiden waren zutiefst verstört. Moritz lebte in einer eigenen Welt. Er versagte in der Schule, galt als Eigenbrötler, wurde von den anderen Kindern gemieden. Fachleute stuften ihn als zurückgeblieben ein. Er wurde in eine Sonderklasse gesteckt. Balthasar fing an, sich die Kindheit aus dem Körper zu strampeln. Zuerst fuhr er Fahrrad. Dann entdeckte er das Laufen. Laufen, immer laufen, schnell und weit. Die Welt vergessen. Den Kopf ausschalten. Nur noch die Beine und die Lunge spüren. Er war ein großartiger Läufer.

Gegen Abend bekomme ich Hunger. Mir wird bewusst, dass ich den ganzen Tag nichts gegessen habe. Ich bestelle im Internet bei *Buon Gusto* eine Pizza Napoli und ein Tiramisu und öffne eine Flasche spanischen Rotwein. Eine gute halbe Stunde später klingelt es an der Wohnungstür. Eine junge Frau steht davor und hält mir einen flachen Pizzakarton vors Gesicht. In grellen Lettern prangt der Schriftzug *Buon Gusto* auf ihrem schwarzen T-Shirt. Sie ist nicht besonders attraktiv, finde ich. Ihre Haare strähnen ungepflegt unter der Baseballmütze hervor. Sie hat einen harten Gesichtsausdruck und senkrechte Falten zwischen Nase und Wangen wie jemand, der in jungen Jahren schon viel durchstehen musste. *Könnte sein, dass sie Drogen konsumiert*, denke ich. Doch allein ihre Gegenwart macht mich hibbelig. Einen kurzen Augenblick bin ich versucht … Dann reiße ich mich zusammen, stelle den Karton und den Dessertbecher auf den Küchentisch. Ich drücke der Frau eine Banknote für die Pizza und das Tiramisu samt großzügigem Trinkgeld in die Hand. Wenn sie wüsste, was ich ihr gerade erspart habe …

Während Moritz ein schwieriges Kind war, habe sich Balthasar im Lauf der Jahre dank viel Zuwendung und Therapien einigermaßen positiv entwickelt, sagte Melitta Anders. Sie habe nie eigene Kinder gehabt, aber eine Adoption käme für sie, rückblickend, nicht mehr infrage. «In unserem Fall hat die immense Aufgabe unsere Kapazitäten bei weitem überstiegen.»

Balthasar sei ein aufmerksames und empfindsames Kind gewesen, habe sich für andere engagiert, habe enthusiastisch bei den Pfadfindern mitgemacht. Er spielte Klavier und fuhr Rad wie ein Besessener, um seine innere Anspannung abzubauen. Dann begann er zu rennen. Er hatte Talent, Ausdauer und eine unglaubliche Leistungsfähigkeit.

«Wir dachten, wir hätten zumindest einen der beiden Buben retten und ihm ein lebenswertes Leben ermöglichen können», sagte Melitta Anders Sie atmete stockend durch die Nase, nachdem sie das gesagt hatte, wie um ihre Tränen zu unterdrücken. Den ersten Halbmarathon gewann Balthasar mit dreiundzwanzig. Sein Bruder Moritz begleitete ihn auf dem Fahrrad. Melitta Anders feuerte ihn an. Sie habe vor Glück geheult, als er gesiegt habe, sagte sie in der Dokumentation.

Drei Tage nach Balthasars Triumph brachte sich Moritz um. Er war fünfundzwanzig Jahre alt. Balthasar sagte in der Vernehmung durch den Staatsanwalt, das sei gewesen, als wenn die eine Hälfte von ihm getötet worden wäre: *Moritz war mein einziger Verwandter. Und in den Kinderjahren waren wir völlig aufeinander angewiesen. Jetzt war ich plötzlich allein,* zitierte die Fernsehdokumentation aus den Protokollen.

Bis zum Selbstmord des Bruders war Balthasar während Jahren unauffällig gewesen. Er hatte in einer Klosterküche eine Lehre als Koch gemacht und nach dem Lehrabschluss noch einige Monate dort weitergearbeitet. Dann war er in die Welt hinausgezogen, hatte in mehreren Restaurants gearbeitet. Seine früheren Chefs sagten in die Fernsehkameras, dass Balthasar angenehm gewesen sei, sich engagiert und nötige Überstunden ohne Murren abgeleistet habe.

Ich habe die halbe Pizza in den Eimer geworfen und das Tiramisu ungeöffnet in den Kühlschrank gestellt. Die Pizza schmeckte mir nicht. Der Teig war zu dick und zu weich. Er müsste dünn und knusperig sein. Im Magen habe ich ein flaues Gefühl. Es rumpelt und zischt. Ich öffne eine zweite Flasche Rioja. Neuerdings tröstet mich der Alkohol und nimmt etwas Spannung weg, etwas von der Spannung, die unerbittlich steigt. Der Frau in Grün bin ich noch nicht nähergekommen. Ich muss sie finden, unbedingt! Noch nicht einmal ihren Namen kenne ich. Keine Ahnung, was sie arbeitet und wo. Keine Idee, wie ich sie kontaktieren könnte.

Ich schaue mir die Fernsehdokumentation nochmals an. Eine gepflegte Frau in einem hellgrauen Kaschmirpullover tritt auf. Sie sieht jünger aus als die knapp vierzig Jahre, die sie zählt. Sie heißt Gisela Gantenbein und war vor gut zwanzig Jahren Balthasars Freundin. «Er war lieb, überhaupt nicht gewalttätig. Aber er war sehr gehemmt», sagt sie. «Wir wollten heiraten.»

Sie wendet den Kopf von der Kamera ab. Sie will ihre Emotionen verbergen. Balthasars Geschichte würgt sie noch immer, obwohl sie seit mehr als zehn Jahren glücklich verheiratet ist, wie sie sagt. Neben seiner Vollzeitstelle als Entremetier in einem großen Restaurant trainierte Balthasar jeden Tag, immer am frühen Morgen, bevor er die Arbeit antrat. Beim Sport fielen sein Durchhaltevermögen und sein unbedingter Siegeswille auf. In der Beziehung zu seiner Freundin war er schüchtern. «Obwohl ich fast zehn Jahre jünger war als er, musste ich jeweils die Initiative ergreifen.»

Als Person blieb er unauffällig, «ein netter Kerl», wie sich ein ehemaliger Sportsfreund erinnerte. Balthasar gewann einen weiteren Halbmarathon. An der Siegesfeier nahm er nicht teil, denn er trank keinen Alkohol.

Ich schenke mir Rotwein nach. Ich spüre ihn nun im Kopf. Eine angenehme Erschöpfung befällt mich. Sie ist willkommen. Vielleicht kann ich so endlich wieder ein paar Stunden durchschlafen.

Beim Lauftraining auf den Waldwegen sprach Balthasar Joggerinnen an, die sich, als er als Mörder entlarvt war, noch im Nachhinein gruselten.

«Mir war er zwar etwas unheimlich. Aber aus purer Freundlichkeit habe ich ein paar Worte mit ihm gewechselt», sagte die eine. Sie schilderte die Begegnung später in einem Gespräch mit der Polizei. Den Joggerinnen grauste mit guten Gründen, wie sich später herausstellte. Balthasar hatte begonnen, Frauen zu attackieren, bevor er zum Mörder wurde. Zuerst warf er sie nur zu Boden, leerte ihre Handtaschen, nahm Geld und Handys und rannte weg. Dabei trug er stets eine schwarze Baseballkappe verkehrt herum. Später versuchte er, sie zu küssen und zu begrapschen. Und dann wurden heftigere Angriffe bekannt und sogar eine Messerattacke, bei der eine junge Frau leicht verletzt wurde.

In einer Augustnacht, während das Restaurant wegen Sommerferien geschlossen war und er frei hatte, wurde Balthasar zum Mörder. Er stach in einem Wald wie verrückt auf eine dreiundzwanzig Jahre alte Studentin ein, die schwer verletzt wurde, aber nach langem Spitalaufenthalt körperlich genesen entlassen werden konnte und später mithalf, ihn zu finden. Wenig später stach er eine zwanzigjährige Gymnasiastin nieder, die den Angriff nicht überlebte.

Das überlebende Opfer gab, nachdem es aus dem künstlichen Koma aufgewacht war, eine detaillierte Beschreibung von Balthasar ab. Ein großer, bleicher, hagerer Mann mit stechendem Blick und einer umgekehrt auf dem Kopf sitzenden schwarzen Baseballmütze.

9

Balthasar Anders wurde nicht sofort als Frauenmörder identifiziert. Die fetten Überschriften über den täglichen Sensationsmeldungen der Boulevardpresse wurden immer schriller. *Frauen trauen sich kaum noch in den Ausgang. Mit der Dämmerung kommt die Angst*, stand da. *Der brutale Mitternachtsmörder läuft noch immer frei herum.* Die Polizei suchte nach einem asozialen, arbeitslosen und ausgegrenzten Typen. Dass ein junger Mann mit festem Job und fester Freundin, fit, diszipliniert und durchtrainiert, eine solche Tat begehen könnte, kam niemandem in den Sinn. *Experten sind überzeugt: Der Mann mit der schwarzen Mütze mordet aus purer Lust.* Es sei nicht auszuschließen, hieß es anderswo, dass derselbe Täter bereits im letzten Winter drei Attacken auf junge Frauen verübt habe. *Die Täterbeschreibung ist laut Polizei jedenfalls in allen Fällen identisch.*

Ich versuche mir vorzustellen, weshalb Balthasar zum Gewalttäter wurde. Die offensichtliche Erklärung taugt nichts. Dass er Ressentiments gegen Frauen hatte, weil sie ihn verschmähten, trifft nicht zu. Er hatte eine Freundin, die ihn liebte und ihm alles gab, was sie geben konnte. Ich überlege mir, was Doktor Estragon dazu sagen würde. *Es ist immer wieder erstaunlich, wie sich das Unbewusste unerbittlich über alle zivilisatorischen Errungenschaften hinwegsetzt, die wir scheinbar im Lauf unserer Entwicklung erworben ha-*

ben, höre ich ihn deklamieren. *Um echte Liebe empfinden und geben zu können, bräuchten wir auch gute, ohne Traumatisierungen verlaufene Erfahrungen mit Nähe in unserer Kindheit.* Estragon münzte das offensichtlich auf mich, ohne mir das direkt zu sagen.

Die Polizei stand unter äußerstem Erfolgsdruck, als Balthasar Anders Anfang August 2002 zugestochen hatte. *Es werden ungewohnt viele Kräfte eingesetzt, um den unheimlichen Mörder zu schnappen,* schrieben die Sensationszeitungen, die ich jeden Tag gierig konsumierte, und deren herausgerissene Seiten mit Balthasars Mordgeschichten ich bis heute in einem Ringordner aufbewahre, wo die Seiten allmählich vergilben. *Das Einsatzbüro ‹Leib und Leben›, das Mordfälle und andere schwere Delikte behandelt, hat für die Jagd auf den Mitternachtsmörder eine Truppe von über fünfzig Leuten zusammengestellt. Nebst Fahndern kommen Leute vom kriminaltechnischen Dienst und Spezialkräfte zum Einsatz. Sie überprüfen jedes Detail und gehen auch der kleinsten Spur nach, welche zum skrupellosen Täter führen könnte.*

Bald schon gab es ein präzises Phantombild. Frauen, an die er sich herangemacht hatte, beschrieben ihn detailliert. Zudem fand Balthasar Vergnügen daran, die Polizei zu provozieren. *Die Jagd nach dem Mitternachtsmörder hat eine drastische Wende erfahren,* lese ich in einer alten Zeitung. Er verschickte aus verschiedenen Postbüros Briefe an die Polizei mit Gegenständen, die er der ermordeten Frau abgenommen hatte: Lippenstift, Busabonnement, Studentenausweis.

Zum Verhängnis wurde Balthasar ein Liebesbrief, den er einer Frau geschickt hatte, die nichts von ihm wissen wollte. Diese sah in der Zeitung Abbildungen von Balthasars Nachrichten an die Polizei und erinnerte sich an den unerwünschten Brief, den sie aufbewahrt hatte. Die Handschriften ähnelten sich. Ein Grafologe, von der Polizei sofort beigezogen, bestätigte, dass der Schreiber der Zettel und des Liebesbriefes ein und derselbe sei.

Balthasar war entlarvt und wurde verhaftet. *Jetzt sitzt der Mitternachtsmörder in U-Haft. Er hat gestanden, in der Nacht auf den 1. August eine 20-jährige Gymnasiastin getötet und eine 23-jährige Studentin schwer verletzt zu habe. Die Fahnder verdächtigen ihn, auch für zwei weitere brutale Überfälle auf junge Frauen verantwortlich zu sein.*

10

Noch herrscht draußen diffuse Dunkelheit. Ich bin wieder hellwach. Die zwei Flaschen Rioja haben nur für einige Stunden Schlaf ausgereicht. Von den Kirchen schlägt es vier. Vier Uhr früh, die Stunde der Nachdenklichkeit. Noch im Halbschlaf, freigestrampelt von der Decke, mit verklebtem Haar auf dem durchgeschwitzten Kissen, ist mir Balthasar erschienen. Er streunt durch die Wälder auf der Suche nach jungen Frauen, verbirgt sich hinter Sträuchern, wenn er von weitem einen bunten Joggingdress sieht, lauert, ist erregt und atmet schnell, als ob er selber liefe.

Doktor Estragon hat nie eine präzise Diagnose abgegeben. Wenn du zum Kardiologen gehst, wird er dir sagen: «Ich fürchte, Ihre Aorta ist erweitert. Wenn wir das nicht operieren, riskieren wir einen Aortariss. Und der ist tödlich.» Wenn du eine Darmspiegelung machen lässt und im Halbdämmer, ruhiggestellt von Medikamenten, die durch eine Nadel in der Vene deiner linken Hand in die Blutbahn träufeln, auf dem Bildschirm mitverfolgst, wie ein dünner Schlauch durch die roten weichen Höhlungen deiner Därme hinaufgeschoben wird, dann wird der Gastroenterologe dir mitteilen: «Ich entferne jetzt einen kleinen Polypen.» Du wirst ein Grummeln in deinen Gedärmen spüren. Der Psychiater hingegen wird nie sagen: «Sie leiden an einer bipolaren Störung.» Oder: «Ich stelle Symptome einer narzisstischen Persönlichkeitsveränderung fest.» Möglicherweise sogar: «Sie sind schizophren.» Er wird vielmehr wie Myrtha Schertenleib sagen: «Wir müssen die toxische Männlichkeit thematisieren.» Oder er wird Ursachen und Symptome schildern, ohne sie direkt auf den Patienten zu beziehen, der vor ihm auf dem Schragen liegt, wie das Georges Estragon jeweils handhabte.

«Negative Lebenserfahrungen, ungünstige Grundeinstellungen und schädliche Verhaltensmuster können eine Persönlichkeitsstörung fördern», würde Estragon dozieren, aber er würde niemals «*Ihre* Persönlichkeitsstörung» sagen. Er würde sagen: «Wenn wir die Literatur über die Borderline-Problematik studieren, finden wir in zwei Dritteln der Fälle sexuelle oder körperliche Gewalterfahrungen, in vierzig Prozent der Fälle schwere Vernachlässigung in der Kindheit.»

«Und die Symptome für Borderline, Herr Doktor?», würde ich fragen. Und Estragon würde antworten, dass Borderline sehr schwer zu diagnostizieren sei, weil sich die Krankheit irgendwo zwischen einer Neurose und einer Psychose bewege. Er würde seine Aussagen noch immer nicht auf mich beziehen, sondern mit einem relativierenden Satz beginnen: «Wenn ich bei einem Patienten den Verdacht auf eine Borderline-Störung hätte, würde ich folgende Fragen stellen …» Dann würde er diese Fragen bedächtig auflisten, zwischen den Sätzen an der Tabakspfeife saugen und fragen: «Haben Sie oft Angst, verlassen zu werden? Versuchen Sie mit allen Mitteln, dies zu verhindern? Benutzen Sie dabei auch krasse

Mittel wie Suiziddrohungen? Haben Sie schon Suizidversuche unternommen? Haben Sie sich schon absichtlich selbst verletzt, um sich wieder zu spüren, um Erleichterung oder Erregung zu erfahren? Haben Sie eine Beziehung zu einem Partner oder einer Partnerin? Ist diese Beziehung launenhaft, sprunghaft oder von dauernden Streitigkeiten geprägt? Welche Meinung haben Sie von sich selbst? Machen Sie sich selbst herunter? Finden Sie sich minderwertig? Handeln Sie impulsiv, ohne sich die möglichen Konsequenzen zu überlegen? Geben Sie zum Beispiel mutwillig zu viel Geld aus? Haben Sie ungeschützten Sex mit Fremden? Konsumieren Sie Drogen oder zu viel Alkohol? Fahren Sie immer wieder zu schnell? Haben Sie Anfälle von Heißhunger, in denen Sie alle erreichbaren Lebensmittel verschlingen?»

All diese Fragen hätte Estragon gestellt, ohne eine Antwort zu erwarten. Und ich hätte einige davon bejahen müssen, mindestens für mich selbst. Das mit der Partnerin allerdings, seit Kathy …

Doch mein Leben wird sich jetzt radikal ändern, denn ich habe die Frau gefunden, von der ich in schlaflosen Nächsten geträumt habe. Damals im *Sirenengesang* habe ich Linda Evangelista beim Zerschneiden ihres Kalbskoteletts beobachtet. Und ich werde Linda, oder wie immer sie heißt, aufspüren. Und wie ich sie aufspüren werde!

Ich werde jetzt die Sozialen Medien durchkämmen. Das ist die Idee, die mir um vier Uhr morgens gekommen ist und eigentlich schon lang hätte kommen müssen. Belmondo, oder besser gesagt Remund Glanzenberger, wird mich zu ihr hinführen, und ich werde sie ihm wegnehmen. Fiebrig fahre ich den PC hoch, gebe meinen Zahlencode ein und gehe direkt auf LinkedIn. Ich brauche kaum eine Sekunde, um ihn zu finden. Er nennt sich tatsächlich Remo, wie ich vermutet habe. Remo Glanzenberger, Real Estate Manager, Property Consultant. Auf dem Foto sieht er jünger aus als im wirklichen Leben. Wie alle anderen versucht er, sich in vorteilhaftem Licht darzustellen, mit seinen Universitätsabschlüssen (vergleichende Literaturwissenschaft, Englisch, Geschichte der Neuzeit, MBA) und allen möglichen Weiterbildungen und Zertifikaten. Aber die Aufzählung seiner beruflichen Meriten bringt mich keinen Zentimeter weiter.

Weiter nach Facebook. Unter Glanzenberger finde ich nichts. Remo hingegen gibt es Dutzende. Ich scrolle die Namensliste hinunter auf der drängenden Suche nach Belmondo und seinem Konterfei, seinen schwarzen Hollywoodhaaren, mit Gel nach hinten gekämmt, und dem sorgfältig präparierten Bart. Immer noch nichts. Ich mache mir in der Küche einen Kaffee, den ich viel zu heiß schlürfe. Meine Hand zittert. *Ich bin dem Ziel nahe*, denke ich. *Sehr nahe.* Ich suche weiter. Ich denke, dass Belmondo rund 40 Jahre alt ist. Also versehe ich seinen Namen mit Jahreszahlen: Remo1982, Remo1981, Remo1980, Remo1979, Remo 1978. Kein Resultat. Remo82, Remo81, Remo80. Remo79. Halleluja! Und da ist er.

Remo79 mag alte Autos. Es gibt im Facebook Fotografien von ihm mit einem roten Alfa Romeo Spider aus den 1970er-Jahren. Mit einem weißen Ford Mustang aus den 1960er-Jahren, einer hellblauen DS, einem alten dunkelgrünen Jaguar. Oft ist er auf dem Golfplatz. Kleine Videosequenzen zeigen ihn beim Abschlagen, beim Putten, beim Einlochen. Er trägt helle, diskret karierte Hosen, schwarz-weiße Golfschuhe mit Flügelkappen, ein rosa Polohemd und eine Mütze mit dem Logo eines amerikanischen Modelabels. Er weiß, dass er schön ist. Er wirft sich in Positur. Er plustert sich auf wie ein Pfau. Autos, Golf, Berge. Auf einem Bild sieht man eine Frau mit einem Rucksack von hinten. «Grindelwald First September 2021» steht in der Bildlegende. Noch muss ich Linda Evangelista finden. Bisher ist sie mir nur im virtuellen Raum begegnet, abgesehen vom ersten scheuen Treffen im *Sirenengesang*. Ich hätte sie anreden sollen. Aber ich war gehemmt. Belmondo hilft weiter.

Ich habe zu Instagram gewechselt, habe ihn dort als *Remo&Glanz* gefunden. Seine Beiträge sind im Instagram persönlicher als auf Facebook. Teilweise dieselben Fotos wie dort. Aber mehr davon. Ich schaue sie mir genau an, die alten Autos, die Berge, die Golfplätze. Ich spüre, wie ich ihr näherkomme. Die Aufregung steigt.

Bilder vom Meer. Und da liegt sie. An einem Strand, in einem hellblauen Bikini. Die rotblonde Mähne fließt über das Badetuch. Eine große Sonnenbrille, wie sie einst Sophia Loren und andere Filmdiven trugen, verbirgt ihre Augen.

Ich weiß jetzt, wie sie heißt. Endlich. Belmondo hat ihren Namen hingeschrieben: *Cléa, Positano, August 2021.*

Ich wiederhole den Namen laut. «Cléa.» Cléa am Strand. Cléa im weißen Sommerkleid in einem Restaurant am Meer mit einem dunkelroten Drink in der Hand, aus dem ein Sträußchen Pfefferminze ragt. Cléa in einer Kirche. Cléa im grünen Seidenkleid, das ich kenne, in einer engen, steilen Altstadtgasse. Cléa vor Marktständen, die mit Obst und Gemüse beladen sind. Cléa.

Cléa erscheint auf Selfies, teils mit Belmondo, die Köpfe eng zusammen, teils ohne. Doch da ist auch eine andere Frau, Sabine. Da sind Kinder. Urlaub im Club Med. Familienfeier. Eine Taufe. Führt Belmondo offiziell ein Doppelleben? Prahlt er in den Sozialen Medien tatsächlich mit seinen zwei Frauen? Weiß die eine von der anderen? Sicher. Instagram ist so öffentlich wie das Anschlagbrett an der Kirchenmauer. Schließlich stoße ich auf ein Foto, das meine ganze Aufmerksamkeit erheischt. Cléa im Tennisdress: weiße Tennisschuhe, weiße Shorts, weißes Polo, weißes Stirnband. Sie steht mit einem Racket in der Hand vor einer Tennishalle. Über ihr prangt der Name auf einem Schild. Ich muss das Bild stark vergrößern, um den Namen zu lesen. *Tennisclub Arvenbüel.*

Ich habe jetzt zwei Zugriffsmöglichkeiten auf Cléa. Zum einen über Belmondo, zum anderen über ihren Tennisclub. Ich versuche es zuerst noch zwei, drei Mal vor der Treuhandgesellschaft. Ein einziges Mal sehe ich, wie Belmondo aus der Tiefgarage kommt. Ich folge ihm auf der Vespa mit einem unguten Gefühl. Er könnte mich erkennen und ertappen. Er fährt direkt nach Hause. Cléa wird dort kaum auf ihn warten. In der Villa im Vorort lebt er mit seiner Frau, die vermutlich Sabine heißt, und seinen Kindern seine bürgerliche Existenz. Cléa hingegen ist seine … Wenn ich mir vorstelle, wie Cléa und Belmondo miteinander … Er in ihr … Mein Eyjafjallajökull beginnt zu brodeln.

Dann beziehe ich Posten vor dem *Tennisclub Arvenbüel*. Die Halle liegt wie ein hässlicher, riesig aufgeblähter Kaugummi mitten im Quartier. Daneben gibt es Außenplätze mit einem rötlichen Belag. Wann spielt man Tennis, wenn man eine Arbeitsstelle und somit tagsüber keine Zeit hat, frage ich mich? Entweder über Mittag oder am Abend nach der Arbeit oder am Wochenende. Etwa fünfzig Meter vom Eingang des Riesenkaugummis entfernt, so, dass man ihn überblicken kann, gibt es ein Café.

Inzwischen dämpft eine Hitzewelle alle Aktivitäten und treibt die Menschen in den Schatten oder in klimatisierte Innenräume. Das Café hat Stühle und Tische im Freien aufgestellt, von roten Sonnenschirmen mit dem weißen Schriftzug eines bekannten Süßgetränks nur teilweise von der brennenden Sonne abgeschirmt. Kurz vor Mittag setze ich mich an ein Tischchen mit Sicht auf den Eingang des Tennisclubs. Ich bestelle ein alkoholfreies Bier und ein Salamisandwich. Der Club hat nicht viele Besucher. Für Tennis ist es zu heiß. Die Leute sind eher im Schwimmbad zu finden. Auch das Café bleibt halb leer. Dreimal bin ich am Mittag da. Keine Cléa weit und breit.

Am Freitagabend sitze ich vor einem Weißwein, will schon aufgeben. Es ist kurz vor sechs. Cléa hat ein blaues Fahrrad. Sie steigt ab, das Racket in einer Hülle schräg über den Rücken gehängt. Sie schließt das Fahrrad ab. Geht langsam in Richtung des Clubeingangs, blickt zwei-, dreimal auf die Uhr. Ich erwarte, dass gleich Belmondo auftauchen wird. Nein. Es ist eine zweite Frau, ebenfalls auf einem Fahrrad. Cléa geht auf sie zu, während diese ihr Rad abschließt. Die Frauen umarmen sich.

Ich bezahle meinen Weißwein und schlendere hinüber zu dem hohen Maschenzaun, der die Außenplätze abschirmt. Eine Gruppe von Birken bildet, ein paar Meter vom Zaun entfernt, ein kleines Wäldchen. In dessen Schatten warte ich auf Cléa und die andere Frau. Sie sehen aus wie Schwestern, beide in Weiß mit weißen Schweißbändern um die Stirn. Ihre weißen Frotteetücher legen sie auf eine Bank am Spielfeldrand. Sie spielen gut und schenken einander nichts. Cléa ist noch etwas athletischer als die andere. Sie gewinnt. Ich muss an Steffi Graf denken, damals, als ich siebzehn war und sie nicht viel älter und schon Wimbledon-Siegerin. Die beiden Frauen unterbrechen von Zeit zu Zeit ihr Spiel, lachen, rufen einander Dinge zu, die ich nicht verstehe, weil sie zu weit entfernt sind, trocknen sich Kopf und Arme mit den Tüchern.

Es ist nicht leicht, einer Fahrradfahrerin mit der Vespa zu folgen, vor allem, wenn es bergauf geht und sie nur langsam vorankommt oder das Fahrrad sogar schiebt. Hätte mich jemand beobachtet, während ich sie beobachtete, wäre ihm mein seltsames Verhalten aufgefallen: ein paar Meter vorwärts, dann warten, dann wieder fahren, dann wieder warten. Aber es lohnt sich. Ich lasse sie nicht aus den Augen. Ihre Locken hat sie zu einem Pferdeschwanz zusammengebunden, der unter einer Baseballkappe im Rhythmus ihrer Pedalbewegungen hin und her baumelt. Und natürlich fällt mir ihr Hintern auf, der in engen Leggins steckt und perfekt geformt ist, nicht zu breit, nicht zu flach, abgerundet und durchtrainiert. Je länger ich sie betrachte, desto mehr begehre ich sie.

Cléa radelt durch ein Wohngebiet mit vier-, fünfstöckigen Wohnblöcken, nicht weit von Kathys Straße entfernt. Sie hält, steigt ab, schiebt ihr Fahrrad auf einen Platz am Straßenrand, der für Räder abgezirkelt und markiert ist, schließt ab, geht hinüber zum Haus, öffnet die Haustür und verschwindet.

Ich warte auf der gegenüberliegenden Straßenseite. Etwa fünf Minuten oder zehn warte ich. Es kommt mir vor wie eine sehr lange Zeit, eine unendlich lange Zeit. Ich steige von der Vespa, überquere die Straße und versuche, möglichst rasch und unauffällig die Klingelschilder zu untersuchen. Das ist schwierig. Wer nicht Postbote, Pizzalieferant oder Mormonenmissionar ist, macht sich verdächtig, wenn er Klingelschilder mustert. Ich finde sie rasch. *C. Leicht, 2. Stock.*

Cléa Leicht. Ich fahre nach Hause, setze mich an die Bildschirme, gebe *Cléa Leicht* ein. Ich finde ihr Bild. Sie hat einen Preis gewonnen als beste Absolventin eines Kurses für Traditionelle Chinesische Medizin. In jüngeren Jahren war sie medizinische Praxisassistentin gewesen. Jetzt ist sie Akupunkteurin. Sie arbeitet in einer kleinen TCM-Praxis in unserer Stadt, nur wenige Häuser vom Psychologischen Institut entfernt, wo mich Myrtha Schertenleib begutachtet und schließlich weggeschickt hatte.

Die TCM-Praxis bietet eine Gratisdiagnose an. Ein Chinese ist für die Phytotherapie zuständig, ein anderer Mann für Massagen, die hier *Tuina* heißen. Ich würde mich niemals von einem Mann massieren lassen. Nie! Cléa Leicht ist Spezialistin für Akupunktur und Moxa. *Moxibustion, vereinfachend auch Moxa genannt, ist eine Wärmebehandlung. Durch die Stimulation von Akupunkturpunkten und Meridianen mit glimmendem Beifuß werden Energiebahnen gezielt aktiviert*, heißt es auf der Website von *TCMheaven. So können Stagnationen und Blockaden im Energiefluss behoben werden.* Ich buche einen Termin für die angebotene Gratis-Diagnose am übernächsten Tag, einem Donnerstag.

Die Zeit bis zum Termin bei *TCMheaven* ist schwierig. Ich wälze mich im Bett. Bei *Assassin's Creed Valhalla* schieße ich ständig die eigenen Leute ab. Ich bin fahrig und zittrig. Ich setze mich auf die Vespa. Fahre an die Tankstelle, obwohl der Tank meines Motorrollers halb voll ist. Es ist nach Mitternacht. Die Tankstelle ist hell erleuchtet wie in einem amerikanischen Roadmovie. Fehlt nur das in fahles Licht getauchte Motel nebenan mit den alten Chevrolets, Buicks und Pontiacs auf den Parkplätzen vor den Zimmereingängen. Die feuchte Hitze, die über das Roadmovie flimmert, wenn der Motorradheld durch Amarillo, Santa Fe und Flagstaff brettert, herrscht auch hier. Obwohl finsterste Nacht herrscht, ist die Temperatur kaum gesunken. Am Radio haben sie eine Tropennacht angekündigt.

Ich kaufe mir eine Eiscreme. *Köstliches Premium-Vanilleeis umhüllt von knackiger Milchschokolade* heißt es auf einem Plakat über der Eistruhe. Die Frau an der Kasse – natürlich keine Kasse, ein Scanner mit Bildschirm –, wirkt müde. Abgestumpft. Sie schaut mich nicht an, als sie den Preis nennt. Ich bezahle Zweitaktbenzin und Eiscreme bar. Ich zahle gern bar. Wenn du mit Karte zahlst, können die Bank, die Steuerbehörden, die Bundespolizei und alle anderen jede deiner Bewegungen nachvollziehen. Aus demselben Grund stelle ich manchmal das Mobiltelefon ab oder lasse es zu Hause. Was geht die da draußen mein Leben an? Lasst mich in Ruhe!

Im Halbschatten am Straßenrand, außerhalb des Tankstellenlichtes, stehen zwei Frauen. Sie tragen knappe Höschen aus glänzenden Stoffen, Oberteile, die den Bauch freilassen, und Schuhe mit hohen Absätzen. Sie rauchen und reden miteinander. Ich halte vor ihnen, in der einen Hand die angelutschte Eiscreme.

«Na, Süßer?», sagt die eine in rudimentärem Deutsch und eingeübten Sätzen. «Willst du gehen mit mir. Ich mache alles. Fünfzig für Blowjob. Hundert mit Gummi. Zweihundert ohne Gummi.»

Ich schaue sie wortlos an. Sie hat dunkle, kurz geschnittene Haare, die andere längere, blond gefärbte. Beide sind schlank, aber bei der Blondierten wölbt sich ein Bäuchlein über die Hotpants. Außerdem hat sie ein Reptiliengesicht. Sicher hat sie Giftzähne, mit denen sie dich lähmt, wenn sie dich in den Hals beißt.

Die Dunkle also. Ich steige ab, gehe auf die zwei zu, die sich an mich schmiegen. Ziehe die Dunkelhaarige mit der Linken an mich, werfe die Eiscreme ins Gras, taste die Frau mit der Rechten ab. Brüste, Rücken, Hintern. Sie fühlt sich gut an. Sie riecht nach einem schweren Parfüm. Von nahem wirkt ihr Gesicht älter unter der Schminke. Ein bisschen verhärmt. Wieso man diese Frauen früher wohl Freudenmädchen genannt hat? Trotzdem weise ich mit einer Handbewegung auf die Vespa.

Sie zögert, fährt sich mit der Hand über die schwarzen kurzen Haare. «Ich kein Helm.»

«Macht nichts, ist nicht weit», sage ich. Ich setze mich auf meinen Roller, sie steigt hinten auf. Klammert sich an mich. Am Rücken spüre ich ihren schmächtigen Körper. Das Verlangen wäre da. Aber ich habe keine blaue Pille geschluckt. Zweihundert in bar habe ich ebenfalls nicht, nicht einmal hundert. Ich fahre los. Steuere auf einen Wald zu. Mittendrin halte ich auf einem Parkplatz am Rand der Straße.

Ich spüre ihre Unruhe. Die ungestellten Fragen. Einsamer, dunkler Wald. Kein Ort, an dem sich eine Frau allein mit einem unbekannten Mann wiederfinden will. Ich denke an Balthasar. An die Augustnacht vor zwanzig Jahren. Ein Messer bräuchte ich nicht. Wozu? Würgen würde genügen. Mich auf sie setzen. Ihren Körper unter mir spüren. Sein Sich-Winden. Seine Zuckungen.

Bestimmt hat ihr Beschützer, der uns von fern beobachtete, mein Kennzeichen notiert. Wenn die Frau tot aufgefunden wird, wird er sich an meine Fersen hängen. Wird mich brutal umbringen. Zuerst die Geschlechtsteile abschneiden und in meinen Mund stecken. Mir Dutzende schmerzhafte, nicht tödliche Messerstiche beibringen. Nadeln unter die Fingernägel treiben. Es ist nicht meine morbide Fantasie, die mit mir durchgeht. Ist alles schon vorgekommen. Wenn ich darüber las, schauderte mich. Ich habe einige dieser Zeitungsartikel aufbewahrt.

11

Ich habe die Frau mitten im Wald stehenlassen und bin weggefahren. Kein Balthasar-Moment. Sie hat mir in einer fremden Sprache hinterhergerufen. Ungarisch? Rumänisch? Ich habe nicht hingehört und nichts verstanden. Sie ist wütend. Wäre ich auch. Aber sie sollte nicht wütend sein, sondern froh. Sie hat Glück gehabt, großes Glück. Ich bin über mich selbst erschrocken. Nein, was erzähle ich? Ich bin nicht erschrocken. Ich bin mir bewusst geworden, wozu ich fähig wäre. Bei Kathy hätte ich nur ein wenig mehr Druck geben müssen. Bei der dunkelhaarigen Frau musste ich mich zusammenreißen. Beinahe hätte ich das Undenkbare … Ich sah bereits, wie sich meine Hände um ihren Hals legten. Wie ich den Druck erhöhte. Wie sie zuckte, mit Armen und Beinen in der Luft ruderte, röchelte. Sie hat Glück gehabt, wirklich.

Ohne Ziel rausche ich durch Dörfer, aufrecht auf meiner Vespa. Über Felder, durch kleine Wälder, einem Fluss entlang. Ein angenehmer Nachtwind kühlt. Es geht bergauf. Spitzkehre um Spitzkehre windet sich die Straße. Ich konzentriere mich. In den Kurven riskiert man, dass der Roller unter einem wegrutscht. Der Sturz neulich in der Tramschiene war schmerzhaft. Hier, auf der einsamen Passstraße, käme niemand zu Hilfe. Oben informiert ein blaues Schild: *Passhöhe 1928 m ü. M.*

Vier Uhr morgens. Die Stunde der Nachdenklichkeit. Das Ausflugslokal ist dunkel. Ich setze mich auf die Terrasse. Mir ist kalt. Ich versuche, meine Gedanken zu ordnen. Wieso habe ich die Dunkelhaarige laufen lassen? Was hätte sich für mich geändert, wenn ich zugedrückt hätte? Fröstelnd bleibe ich sitzen auf der Terrasse des Ausflugslokals auf der Passhöhe. Muss kurz eingenickt sein. Fernes Motorengrollen rüttelt mich aus dem Halbschlaf. Das Grollen kommt näher und näher. Plötzlich rasen drei, vier italienische Sportwagen wie schwarze und rote Schemen vorbei, verschwinden in der Dunkelheit. Noch lange höre ich das Röhren und Bollern ihrer Motoren.

Gegen fünf Uhr wechselt die Farbe des Himmels allmählich von Schwarz zu Grau. Ein Schimmer zeichnet sich am Horizont ab. Neblig zuerst, dann hellgrau, dann mit einem zarten Rosastich, der sich ins Dunkelgelbe verwandelt. Ich starte die Vespa, fahre langsam die Serpentinen hinunter, zurück zum Fluss und durch die Wälder und über die Felder. Die Tankstelle ist noch immer erleuchtet. Aber die Frauen stehen nicht mehr am Straßenrand.

Ich mache einen Umweg durch Belmondos Vorort und seine Straße, die ich mehrmals auf und ab fahre. Inzwischen ist es fast halb acht. Belmondos schwarzes Automobil gleitet durch das geöffnete Tor. Ich rühme mich für meine prophetische Gabe. Eine Frau in einem SUV folgt. Ich kann Kinder auf dem Rücksitz ausmachen. Mindestens zwei. Belmondo ist verheiratet, wie ich vermutet habe. Er ist nicht der feste Freund von Cléa. Er benutzt sie nur, um mit ihr anzugeben. Dass sie Sex haben miteinander, widert mich an. Sie hat Besseres verdient als diesen Vorortsschönling. *Ich* bin für sie geschaffen, nicht er. Dass er sie auf Instagram so offen und schamlos präsentiert, empört mich. Hat denn seine Frau, die vermutlich Sabine heißt, keine Selbstachtung? Oder genügt es ihr, eine Familie, ein teures Auto, eine große Villa zu haben und luxuriöse Urlaubstage bezahlt zu bekommen?

Ich weiß, dass ich wie Balthasar sein könnte. Und ich weiß, dass Cléa und Remo oder Belmondo kein richtiges Paar sind. Ich fahre nach Hause, dusche mich und lege mich nackt ins Bett. Es ist acht Uhr morgens. Ich falle sofort in einen tiefen Schlaf, aus dem ich erst nach dem Mittag wieder aufwache.

Ich sehe die Situation völlig klar. Belmondo bekommt zu Hause nicht, was sich ein Mann in seinem Alter wünscht, oder er sucht es gar nicht mehr. Seine Frau muss zwei Kinder betreuen; das ältere übt sich vielleicht schon im Pubertieren. Belmondo ist ein altmodischer Vater und beteiligt sich nicht, außer an Wochenenden, wenn er mit ihnen zum Schwimmen oder, winters, zum Skifahren geht wie einst Vater mit mir, während die Frau zu Hause die Wäsche erledigt und in der Stadt den Wocheneinkauf.

Belmondo ist ein Wochenendvater. Seine Frau ist mit den Kindern, mit ihren Schulschwierigkeiten und Hausaufgaben, ihren Freizeitbeschäftigungen, mit gesellschaftlichen Verpflichtungen, mit Konzerten, Theater, Partys und Einladungen genug gefordert. Dass ihr Mann seine Triebe auswärts auslebt, ist ihr recht, solange er jeweils wieder in die Familie zurückkehrt.

Belmondo sucht Abwechslung außerhalb seiner Villa und hat diese bei Cléa gefunden. Wahrscheinlich hat sie gerade keinen Freund. Sie mag Belmondo, weil er blendend aussieht und Geld verdient. Sie mag die unverbindliche Verbindung mit ihm. Oder hofft sie heimlich, dass er Frau und Kinder verlässt und zu ihr kommt? Im Bett ist er vermutlich nicht sehr aufregend. Er ist müde, wenn er vom langen Arbeitstag kommt und seiner Frau am Telefon eine Ausrede aufgetischt hat, um nicht gleich heimkehren zu müssen. Eine Ausrede, die seine Frau durchschaut und toleriert. Cléa bekommt von ihm nicht, was sie sich wünscht. Sie ist auf der Suche nach einem neuen Freund. Ich werde dieser neue Freund sein. Ich werde ihr geben, was Belmondo ihr nicht gibt. Das schwöre ich.

Schon wieder eine unruhige Nacht. Ich knie über das Ehebett der Eltern gebeugt. Die Nase tief im muffigen Bettüberwurf. Ich kann kaum atmen. Warte auf die Hiebe. Die dunkelhaarige Frau von der Tankstelle tritt hinter mich. Sie zerschneidet mit einem Fleischermesser kreuz und quer die Haut auf meinem nackten Hintern. Ich zähle rückwärts. Noch neun Schnitte, noch acht, noch sieben. Von schräg oben sehe ich mich selbst und mein nacktes, blutendes Gesäß. Rote Schnitte, aus denen Blut fließt. Ich drehe mich um, vor Schmerz heulend. So wie ich einst unter Vaters Schlägen heulte. «Ein Bub ist tapfer! Ein Bub flennt nicht!», sagte er kalt, während er zuschlug.

Es ist nicht die Frau mit den dunklen Haaren, die mich zerstückelt, es ist Kathy. Sie blutet am Kopf. Das Blut aus ihrer Kopfwunde vermischt sich auf dem weißen Faserteppich mit dem Blut, das von meinem Hintern herabfließt. Sie wirft mich zu Boden. Setzt sich auf mich. Ihr Blut läuft über mein Gesicht. Sie würgt mich mit beiden Händen. Ich erwache keuchend. Bleibe lange liegen.

Von den Kirchen schlägt es drei Uhr. Die Stunde der heftigen Emotionen. Ich küsse Cléa, greife ihr unter den grünen Rock, wo es weich und warm ist. Sie schlägt mir mit der Faust ins Gesicht. Mehrere Zähne sind weg. Ich spüre die Lücke mit meiner Zunge. Ich blute aus Mund und Nase.

Wieder erwache ich. Ich blute tatsächlich aus der Nase. Auf dem Kissen ertaste ich eine feuchte Stelle. Ich knipse die Nachttischlampe an. Blut tropft aufs Kissen. Von den Kirchen schlägt es vier Uhr. Die Stunde der Nachdenklichkeit. Ich stehe auf, zerreiße ein Papiertaschentuch. Stopfe mir die Hälfte ins blutige Nasenloch, fahre den Computer hoch. Versuche, *Assassin's Creed Valhalla* zu spielen. Kann mich nicht konzentrieren. Schieße die eigenen Leute ab.

Ich bin erschöpft und erregt, als ich mich um neun unter die Dusche stelle. Danach rasiere ich mich, schneide meine Finger- und meine Zehennägel. Schmiere eine Crème ins Gesicht und etwas Gel in die Haare. Kämme sie nach hinten. Gestern Nachmittag, nach Stunden aus dem Erschöpfungsschlaf aufgewacht, ließ ich mir im Salon in meiner Straße die Haare schneiden. Sandra aus Kalabrien. Als sie mir den Kopf massierte, spürte ich ihre Brüste an meinem Rücken. Sandra gefällt mir nicht besonders. Sie erzählte von ihrem armenischen Freund und seiner neuen Arbeitsstelle. Von ihrer Großmutter, die allein in Kalabrien lebt. Die ganze Familie ausgewandert, teils in die Schweiz, teils nach Deutschland, teils nach Dänemark.

Am Abend bügelte ich die schwarze Jeans und polierte die schwarzen Schuhe. Ich werde ein frisches weißes T-Shirt anziehen und das schwarze Jackett, obwohl es draußen viel zu heiß ist dafür.

TCMheaven ist im dritten Stock eines sechsstöckigen Büro- und Ärztehauses eingemietet. Gedeckte Fahrradstellplätze vor dem Haus. Im Erdgeschoss befindet sich links der gläsernen Haustüre ein kleiner Laden für vegetarische Lebensmittel und rechts ein Nagelstudio. Mehrere Asiatinnen sind an kleinen Tischchen über die Hände von Klientinnen gebeugt. Kleine Tischlampen werfen runde Lichtbündel auf die Tischchen. Die Asiatinnen hantieren mit kleinen Instrumenten und Pinseln. Cléa lässt sich hier bestimmt ihre makellosen Fingernägel lackieren und polieren. Einen bescheidenen Luxus soll man sich gönnen. Im ersten Stock ist eine Gemeinschaftspraxis für Allgemeine und Innere Medizin, im zweiten haben sich mehrere Psychologinnen und Therapeutinnen eingemietet. Im Stockwerk über dem *TCMheaven* gibt es ein Schneideratelier und ein Designstudio, zuoberst Architekten und Bauplaner.

«Bitte klingeln und eintreten!» steht an der Tür, an der die Fotografie einer Lotusblüte klebt. Ein kleiner Vorraum mit weißen Polsterstühlen und der großformatigen Abbildung einer Pagode lädt zum Verweilen ein. An der weißen Wand prangt das Logo von *TCMheaven*. In der Ecke steht ein Wasserspender mit einer riesigen, halbvollen Wasserflasche aus Plastik und einem Behälter mit Plastikbechern. Zwei Hähnchen, ein weißes und ein hellblaues, geben Durstigen die Wahl zwischen ungekühltem und gekühltem Wasser.

Von dem Vorraum gehen mehrere Türen ab. Ich setze mich nicht. Ich zittere. Minutenlang passiert nichts. Ich bin zu früh. Ich war ungeduldig. Dann öffnet sich die Tür, und eine ältere Frau kommt heraus. Ich bin enttäuscht. Ich wollte Cléa sehen. Die alte Frau grüßt kaum und verlässt die Praxis.

Endlich Cléa. Sie sieht anders aus als im *Sirenengesang* und anders als im Tennisclub. Ihre rotblonden Locken hat sie zu einem Dutt aufgesteckt, der ihren Nacken freilässt. Sie trägt einen weißen Arztkittel, unter dem Jeans und hässliche weiße Sandalen zu sehen sind. Die blaue Hygienemaske hat sie unters Kinn geschoben. Sie grüßt mich freundlich, schüttelt mir aber die Hand nicht. «Einen Augenblick bitte.»

Sie geht zum Wasserspender, trinkt gierig aus dem Plastikbecher. Dann schiebt sie die Maske über Mund und Nase, kommt auf mich zu. «Cléa Leicht.» Sie mustert mich einen Moment. «Kennen wir uns?»

«Ich glaube, wir haben uns einmal im ‹Sirenengesang› gesehen, vor ein paar Wochen.»

«Ah, ja. Ich erinnere mich schwach. Saßen Sie nicht an einem Nebentisch?»

Ich nicke. «Sie waren in Begleitung eines gutaussehenden Mannes. Ich saß allein am Nebentisch. Auf der Treppe zum Untergeschoss sind wir uns begegnet.»

«Ja, möglich. Also fangen wir an!»

Durch eine der Türen betreten wir einen kleinen Raum. Eine Liege ist mit Kreppпapier bedeckt. Ein kleines Tischchen, zwei Stühle, ein Kleiderständer. An der Wand hängt die Zeichnung eines nackten Menschen. Er ist in der Mitte entzweigeschnitten. Die linke Hälfte sieht man von vorn, die rechte von hinten. Er hat einen männlichen Kopf, aber kein Geschlechtsteil. Er ist mit Hunderten farbigen Punkten übersät, die mit chinesischen Zeichen beschriftet sind.

«Wir machen jetzt die Diagnose», sagt Cléa. Sie zeigt keine Emotionen. «Zuerst gibt es ein Anamnesegespräch. Ich will herausfinden, wie Sie sich fühlen, welche gesundheitlichen Probleme Sie haben und welches Ihr Ziel einer TCM-Behandlung ist. Dann schaue ich mir Ihre Zunge an.»

«Die Zunge?»

«Genau, die Zunge. Nach Auffassung der TCM informiert uns die Zunge präzise über Krankheiten und Veränderungen im menschlichen Organismus. Denn die Zunge ist laut der TCM direkt mit den Organen, mit den Meridianen und dem Qi verbunden.»

Ich betrachte sie ungehemmt. Cléa ist mit Eifer bei der Sache. Sie ist ganz auf mich ausgerichtet. Es ist normal, dass ich sie gespannt anstarre. Kein Versteckspiel nötig. Ich spüre ihre Aura. Ich halte es fast nicht aus. Ich möchte sie berühren. Sie umarmen. Sie küssen.

«Lassen Sie mich das kurz erklären. Die Traditionelle Chinesische Medizin geht von einer Lebensenergie aus, die Qi genannt wird. Diese fließt im Körper durch ein Netzwerk aus Leitbahnen. Wir nennen diese ‹Meridiane›.» Was sie sagt, verschwimmt für mich zu einem unartikulierten Sprachfluss. «Es gibt zwölf Hauptmeridiane und acht außerordentliche Meridiane. Durch die Akupunkturpunkte können wir diese Meridiane stimulieren, entweder mit Nadeln oder aber durch Druck mit dem Daumen. Das nennen wir Akupressur», plätschern Cléas Worte dahin. «In einem gesunden Körper ist das Qi ausgewogen und fließt ungehindert. Wenn der Energiefluss irgendwo blockiert ist, verursacht er Krankheiten.»

Ich höre sie, aber ich folge ihr nicht. Ich sage Cléa, dass ich oft unruhig bin. Dass ich schlecht schlafe. Dass ich Aggressionen verspüre. Dass ich Kopfschmerzen habe. Dass ich zu viel Alkohol konsumiere. Dass mein Ziel wäre, wieder eine Nacht durchschlafen zu können und ausgeglichener zu sein.

Sie befiehlt mir, die Zunge herauszustrecken. Das ist mir unangenehm. Sie betrachtet meine Zunge lange. Sie beugt sich vor, um sie besser zu sehen. Hoffentlich habe ich keinen Mundgeruch.

«Ich schaue die Form, die Dicke und den Belag an», sagt sie. Sie kommt mir sehr nahe. Gesicht an Gesicht. Ich sehe die feinen Fältchen unter ihren Augen. Den Ansatz ihrer

Haare. Ihre leicht geröteten Wangen unter der Maske kann ich nur erahnen. Sie blickt mir unversehens direkt in die Augen und ich tief in ihre. In das dunkle Blaugrau mit dem grünlichen Stich an den Rändern der Iris. Ein intensiver Moment. Fast fließen wir ineinander über. Dann lehnt sie sich mit einem Ruck in ihrem Stuhl zurück.

«Ich werde jetzt Ihren Puls fühlen», sagt sie und greift nach meiner Hand. «Wir können aus dem Puls sehr viel mehr herauslesen als nur den Pulsschlag. Die Qualität Ihres Pulses informiert uns über Disharmonien, Stagnationen und Krankheiten im Körper. Sogar die Schwere dieser Krankheiten und später den Heilungsfortschritt können wir ertasten.» Lange hält sie meine Hand. Drückt mit drei Fingern auf das Handgelenk vor dem Daumen. Schaut mich dabei ernsthaft an. «Ihr Allgemeinzustand ist nicht wahnsinnig gut. Aus Ihrer flachen Atmung und der Pulsdiagnose lese ich ab, dass das Qi nicht ungehemmt fließt. Ihr Puls ist beschleunigt.»

Nicht verwunderlich, wenn einem Cléa gegenübersitzt und einem tief in die Augen schaut, denke ich.

«Der rasche Puls lässt auf zu viel Hitze im Körper schließen. Sie haben innere Blockaden. Nieren und Leber sind in keinem sehr guten Zustand. Ich denke, Sie trinken zu viel Alkohol und zu wenig Wasser. Wissen Sie, dass Sie unbedingt warmes Wasser trinken sollten, nicht kaltes?»

«Was heißt das? Zu viel Hitze?»

«Zu viel Hitze oder zu viel Yang im Körper kann aggressives Verhalten und Schlafstörungen verursachen.»

«‹Yang› habe ich schon gehört – ‹Yin und Yang›. Aber was bedeutet das?», frage ich Cléa.

Sie ist geduldig. «Yin und Yang sind Prinzipien der daoistischen Philosophie. Es sind die entgegengesetzten Kräfte, die einander bedingen und miteinander harmonieren sollten. Yin ist das dunkle, kühle, passive, ruhige Element, früher sagte man auch, es sei die weibliche Seite, aber diese Erklärung ist sexistisch. Yang ist hell, hart, heiß und aktiv. Bei Ihnen überwiegt, wie gesagt, das Yang. Das treibt Sie zu stark an. Die Dominanz des Yang kann übermäßige Freude auslösen, aber auch Zorn und Wut.»

Einen Moment lang frage ich mich, wie der analytisch denkende Georges Estragon diese Erklärung kommentieren würde. Aber hier sitzt Cléa mir gegenüber, nicht der pfeifenrauchende Psy an meinem Kopfende. Unsere Knie berühren sich leicht. Mein Puls rast nicht nur wegen des Yang. Ich möchte sie umarmen, sie an mich drücken. Nur mit Mühe halte ich mich zurück.

Cléa schlägt eine Behandlung mit Akupunktur vor. Außerdem wird sie mir Ernährungstipps geben. Kühlend wirkten zum Beispiel Orangen, Ananas, Wassermelonen, Gurke, Tomate und natürlich Wasser. Erfrischende Getränke seien Apfelsaft, Kamille- und Pfefferminztee. Rotes Fleisch und Alkohol seien hingegen gar nicht gut, weil sie die innere Hitze verstärkten.

«Unsere Behandlung kostet einhundertzwanzig pro Sitzung. Sie wird durch die Zusatzversicherung übernommen», sagt sie geschäftsmäßig. «Haben Sie eine Zusatzversicherung?»

Nein, habe ich nicht. «Ich bezahle selbst.»

«Zufällig wäre morgen um sechzehn Uhr ein Termin frei», sagt Cléa. Nur wenn mir das passe.

Es passt. Den nehme ich.

Am Abend, nachdem ich in meinem Lokal gegessen habe, fahre ich ziellos und unkonzentriert durch die Stadt. Auf der hell erleuchteten Terrasse eines Lokals schräg gegenüber dem Stadttheater sitzen Leute eng gedrängt. Sie reden laut durcheinander. Ich höre ihre Stimmen unter meinem Motorradhelm und im Geknatter meiner Vespa. Ich parke vor dem Theater, steige ab, setze mich zu ihnen. Freunde, echte Freunde habe ich nicht. Hingegen kenne ich viele Leute aus der Distanz. Einen bekannten, aber wenig gelesenen Schriftsteller, eine Grafikerin, einen pensionierten Musiklehrer. Sie sind alle sehr heiter. Mir geht es auch gut. Ich habe Cléa gefunden. Ich darf nichts überstürzen und muss überlegt handeln.

Ich breche gegen elf Uhr auf, mache einen Umweg über die Tankstelle. Sie ist wie immer in gleißendes Licht getaucht. Die beiden jungen Frauen stehen nicht am Straßenrand. Fast bin ich enttäuscht. Ich wollte sie beobachten. Ich fahre nach Hause, spiele noch eine Stunde *Assassin's Creed Valhalla* und gehe dann zu Bett. Zum ersten Mal seit langem schlafe ich eine Nacht durch.

Die Kirchenglocken wecken mich. Sie schlagen sieben Mal. Ein weiterer heißer Tag zieht herauf, und mein Termin bei Cléa ist erst um 16 Uhr. Sie hat mir ihre Karte in die

Hand gedrückt, gestern. Den starken Drang, ihr Nachrichten zu schicken, musste ich gestern Abend unterdrücken. Ich saß im *Sirenengesang*, aß die übliche Mahlzeit und tippte ein paarmal Sätze ins Handy, die ich sofort wieder löschte. Ich spürte ein unbändiges Bedürfnis, mich ihr zu erklären. Meine Gefühle in Worte zu fassen. Sie um ein Rendezvous zu bitten. Dann drängte sich Myrtha Schertenleib zwischen uns und warnte mich. Erinnerte mich daran, wie sie entsetzt den Kontakt abbrach, als ich ihr meine Gefühle gestand. *Diesmal werde ich subtiler vorgehen*, schwor ich mir im *Sirenengesang*, während die Kellnerin vom Balkan die Kalbsleber servierte. *Diesmal wird es klappen. Mit Cléa wird alles anders.*

Um meine Erregung abzukühlen, fahre ich zum Schwimmbad am See. Ich habe ein Buch über Künstliche Intelligenz mitgenommen, die Badehose, ein Badetuch, lege mich auf den Rasen, lese. Dann springe ich ins Wasser, schwimme ein paar Züge und halte mich dann lange über Wasser.

Als ich wieder aus dem See steige, spüre ich einen heftigen Schmerz am rechten Fuß. Ich bin in eine Scherbe oder den Kronkorken einer Bierflasche getreten. Auf dem betonierten Weg zum Kiosk hinterlasse ich eine Blutspur. Die Frau am Kiosk hat kein Verbandszeug und ruft den Bademeister. Dieser kommt, schaut sich den Schnitt an, geht dann nach hinten und bringt ein weißes Fläschchen mit einem Desinfektionsmittel und Schnellverbände mit. Ich bin nicht der Erste, dem dies passiert ist. Die Bandage, die er mit anlegt, sieht abenteuerlich aus. Wie wenn der ganze Fuß kaputt wäre.

Mit der Vespa wird es schwierig. Ich brauche den rechten Fuß, um die Maschine anzukicken, und für die Fußbremse ebenso. Aber ich schaffe es. Ich nehme aber später ein Taxi zu Cléas Praxis, um kein Risiko einzugehen.

Es ist zehn vor vier, als ich an der Tür des *TCMheaven* klingle und eintrete. Mein Fuß schmerzt. Cléa ist nirgends zu sehen. Ich setze mich auf einen weißen Polsterstuhl. Mir ist ein wenig schwindelig von der Verletzung oder von der Vorfreude. Ich möchte an die Türen poltern und laut nach Cléa rufen. Ich reiße mich zusammen. Es ist jetzt sechzehn Uhr. Keine Cléa. Fünf nach vier. Zehn nach vier. Auf der Karte, die sie mir gegeben hat, steht ihre Handynummer. Soll ich anrufen? Soll ich warten? Endlich öffnet sich eine Tür. Ein dicker Mann kommt heraus, der sich im Gehen das Hemd in die Hose stopft.

Cléa begrüßt mich wie einen alten Bekannten. «Kommen Sie herein!» Sie erklärt mir, wo sie die Akupunkturnadeln setzen wird. «Es wird brennen, aber nicht wirklich schmerzen.»

«Wie ist das mit den Nadeln und Covid?»

Sie lacht. «Keine Bange! Jede Nadel ist sterilisiert und einzeln verpackt. Nach Verwendung werfen wir sie weg.»

Ich solle mich bis auf die Unterwäsche ausziehen, sagt sie; sie gehe derweil aus dem Raum. Ich solle mich rücklings auf den Schragen legen. Als sie hereinkommt, sieht sie meinen bandagierten Fuß. Sie wirft einen fragenden Blick darauf. Ich erkläre, was passiert ist.

«Soll ich einen neuen Verband anlegen? Ich kann das. Ich war medizinische Praxisassistentin, bevor ich Therapeutin wurde.»

Ich nicke.

«Einen Moment, bitte!» Sie geht hinaus, kommt kurz darauf mit einem Fläschchen und einem Karton mit Verbandsmaterial zurück. Entfernt den Verband an meinem Fuß. Schüttelt den Kopf. «Stark gerötet. Ich werde die Stelle neu desinfizieren. Achtung, das wird brennen!»

Es brennt wirklich. Die Nadeln brennen ebenfalls, vor allem jene, die sie in die weichen, ungeschützten Stellen zwischen den Fingern und zwischen den Zehen steckt.

«Geht es?» Sie hat meinen Körper abgetastet, um die Akupunkturpunkte zu finden. Die Haare auf meinen Armen haben sich gekräuselt. Die Haut kribbelt.

«Ich lasse Sie jetzt vierzig Minuten so liegen und komme dann wieder.» Cléa legt ein weiches, leichtes Flies über mich. «So frieren Sie nicht.» Sie flüstert mehr, als dass sie redet. Sie gleitet aus dem Zimmer.

Ich fühle eine angenehme Schlaffheit. Dämmere weg. Ich tanze mit Cléa zu den Rhythmen einer Rock'n'Roll-Band einen Waldrand entlang. Kühe glotzen. Ich habe sie um die Hüfte gefasst und drehe sie. Kirchenglocken läuten. Wir drehen uns immer schneller. Schließlich fliegen wir davon, eng umschlungen, weit hinauf in den Himmel, bevor wir unversehens kippen und abstürzen.

«Sie haben geschlafen», sagt Cléa, die zurückgekommen ist. Sie beginnt, die Nadeln abzuziehen. Es schmerzt mehr, als ich erwartet hätte. Sie bemerkt es: «Geht es?»

Ich nicke.

Sie betupft die Einstichstellen mit einem Wattebausch. «Wie war Ihre erste Erfahrung?»

Ich antworte, dass ich mich gut fühle und gerne wiederkäme.

«Einmal pro Woche ist ideal», sagt sie. «Während acht Wochen. Dann sollten sich Ihre Kopfschmerzen verflüchtigt haben. Die Schlaflosigkeit werden Sie schon vorher überwinden. Und Ihr Yang bekommen wir unter Kontrolle.»

Ich nehme allen Mut zusammen. «Haben Sie heute noch weitere Patienten?»

Sie antwortet, ich sei der Letzte. Sie habe seit neun Uhr morgens fast ununterbrochen gearbeitet.

«Darf ich Sie zu einem Kaffee oder einem Glas Wein einladen?» Merkt sie, dass meine Stimme zittert?

«Das ist sehr nett von Ihnen. Aber es wäre unprofessionell, privat mit Patienten zu verkehren. Ich muss leider Nein sagen.»

12

Mit Cléa war es einfacher, als ich gedacht hatte. Bei der ersten Sitzung hatte sie noch professionelle Vorbehalte geäußert und sich geziert. Zwischen der ersten und der zweiten Sitzung schrieb ich ihr lange Mails über mich und mein Leben. Ich schrieb ihr von Vater, seinen Prügeln, seinem Selbstmord. Wo Myrtha Schertenleib gereizt geantwortet und mit der Polizei gedroht hatte, reagierte Cléa verständnisvoll. Genau das hatte ich erwartet.

Wenn ich Ihnen so zuhöre und mit Ihnen rede, erlebe ich einen intelligenten und erfahrenen Mann. Sie scheinen diese Traumata aus der Kindheit gut verarbeitet zu haben. Und wenn Sie sich schriftlich ausdrücken, beweisen Sie, dass Sie Buchstaben sinnvoll aneinanderreihen können. Diesen Satz versah sie mit einem Smiley.

Ich schrieb von der Schule, aus der ich hinausgeworden worden war, von meiner Lehre als Feinmechaniker, der nachgeholten Matura und dem Studium als Software-Ingenieur. Von Kathy erzählte ich nur in Bruchstücken. Die bedingte Gefängnisstrafe verschwieg ich. Oft habe ich mir die Frage gestellt, ob man auch durch Weglassen lügen kann. In diesem Fall sicher. Ich präsentiere ihr einen Mann, der ich in Wirklichkeit nicht bin.

Ich bewundere Menschen, die in die Komplexität der virtuellen Welt eindringen und diese intellektuell erfassen können, antwortete Cléa. *Ich selbst bin leider eine Analphabetin, was die Digitalisierung betrifft.*

Ich hatte befürchtet, dass sie mich zurückweisen würde, wenn ich ihr schrieb, aber sie taute auf, duzte mich in ihren nächsten Nachrichten und begann, mir intime Details aus ihrem Leben mitzuteilen.

Du schreibst, dass Du schon lange keine Beziehung mehr gehabt hast, die diesen Namen verdiente, schrieb sie am Samstag spätabends. *Mir geht es ähnlich. Ich habe relativ jung geheiratet, mit dreiundzwanzig, kurz nach der Ausbildung zur Praxisassistentin. Einen Arzt natürlich – das übliche Klischee. Selbst hatte ich ein Medizinstudium begonnen, aber nach wenigen Semestern abgebrochen. Es war zu schwierig oder ich war zu dumm, wer weiß.*

Wieso hast Du ihn verlassen? wollte ich wissen.

Er wollte Kinder. Aber wir bekamen keine. Als ich schon über dreißig war, fand ich heraus, dass er mich betrog. Noch ein Klischee, nicht wahr? Was mich besonders empörte: Er betrog mich nicht mit einer Jüngeren, sondern mit einer Älteren. Sie war gleich alt wie er, das heißt sechs Jahre älter als ich. Und sie hatte schon zwei Kinder. Sie bekamen sehr bald noch ein drittes, gemeinsames Kind.

Es war schon Sonntag früh, nach zwei Uhr, als ich ihr schrieb: *Ich begreife nicht, wie man eine Frau wie Dich verlassen kann. Dein Mann muss ein Vollidiot gewesen sein.*

Du kennst mich nicht, schrieb sie zurück. *Ich kann auch furchtbar schwierig sein.*

Ich wurde mutiger, wagte mich vor. *Das würde ich gern*

selbst herausfinden, statt dass Du es mir schriftlich verkündest, schrieb ich.

Ich habe lange Zeit gedacht, dass sich Gefühle rational steuern und kanalisieren ließen, und dass ich es nur lernen müsse, diese Gefühle in den Griff zu bekommen. Bei Susy hätte es mir geholfen. Aber damals war ich siebzehn und wusste noch nichts vom Leben. Und auch in meiner Beziehung zu Kathy wäre mehr Zurückhaltung heilsam gewesen. Aber ich habe diese Kontrolle nie erlangt.

«Fehlende Stabilität in Ihren Beziehungen», hatte Doktor Estragon das genannt. Sich überraschen zu lassen, sich den Gefühlen einfach hinzugeben, ihre süßen und ihre bitteren Seiten auszukosten, ohne dass der Eyjafjallajökull eruptiert, wäre schön. Aber ich habe nie gelernt, die Angst vor Zurückweisung und Verlust zu überwinden. Und wenn ich Zurückweisung spüre oder sich ein Verlust abzeichnet, verliere ich die Kontrolle über mich. In Liebesdingen habe ich furchtbare Angst vor Ablehnung. Ich wage mich nicht so weit vor, wie ich sollte. Ich weiß, dass viele Frauen Draufgänger mögen.

Ich kenne Leute, die nicht wissen, wie es sich anfühlt, verliebt zu sein, doziere ich in einer Mitteilung an Cléa. Dass ich von mir rede. Dass ich in sie verliebt bin, schreibe ich nicht. *Eine Frau, die ich von fern kenne – einen Freundeskreis, der diesen Namen verdient, habe ich leider nicht –, legt der Partnerwahl vor allem ökonomische Kriterien zugrunde. ‹Wer mir einen Heiratsantrag macht, kommt unter drei Karat nicht weg.› Sie redet natürlich von Diamanten. Zudem muss er blendend aussehen. Die Frau ist fast gleich alt wie ich, hat eine Ehe und eine Reihe unbefriedigender Zweierkisten hinter sich und hat soeben wieder eine vielversprechende Beziehung vergeigt, weil sie stur und egozentrisch ist.* Wieso teile ich Cléa dies alles und noch viel mehr mit? Was will ich mit meinem Wortschwall erreichen? *Ich bin ziemlich desillusioniert, was mein Verhältnis zum anderen Geschlecht betrifft. Wahrscheinlich ist mein Verfallsdatum ganz einfach abgelaufen wie bei einem verdorbenen Joghurt.*

Cléa hat wohl gespürt, dass es etwas Unausgesprochenes gibt, das mich antreibt. Sie geht nicht auf mein Lamento ein. Stattdessen schickt sie mir eine verwirrende Mitteilung: *Ich warne dich. Halte dich von mir fern! Ich habe schon einige Herzen gebrochen, ohne dass ich das wirklich wollte. Ich scheine eine professionelle Herzensbrecherin zu sein.*

Ich werde genau das Gegenteil tun, liebe Cléa. Ich werde mich von dir überrollen und plattmachen lassen. Wenn du mich zerstückeln willst wie ein Kotelett und Stück für Stück auffressen möchtest: Nur zu! Ich werde mich allem hingeben, was du mit mir anstellen willst.

Als wir uns zur zweiten Akupunktursitzung treffen, sind wir einander bereits vertraut. Sie umarmt mich zur Begrüßung und schiebt mich an der Schulter ins Behandlungszimmer. «Ausziehen! Wie geht es deinem Fuß?»

«Alles bestens. Ich spüre nichts mehr. Ich glaube, die Wunde ist gut verheilt dank deiner Behandlung.»

«Und? Hast du besser geschlafen?», fragt sie hinter der hellblauen Hygienemaske

«Wenn ich an dich denke, schlafe ich wie ein Baby», lüge ich.

Sie nimmt meinen Fuß in die Hand, dreht ihn zu sich, betrachtet ihn eingehend. «Gut verheilt. Nicht entzündet», bestätigt sie.

Sie nimmt ihr Set von feinen Nadeln zur Hand, beginnt, die Körperstellen abzutasten, an denen sie zustechen wird. Desinfiziert die Stellen mit einer durchsichtigen Flüssigkeit. Reißt die Papierchen auf, in denen die Nadeln einzeln verpackt sind. Steckt die Nadeln eine nach der anderen in meine Haut, gibt ihnen jeweils noch eine Drehung, was sich wie ein kleiner Stromschlag anfühlt. Über unsere nächtlichen Briefwechsel redet sie nicht. Sie gibt sich jetzt wieder professionell.

Tage verstreichen, die ich fiebrig und aufgeregt durchlebe. Kathy hätte für diesen Zustand das Wort *wuschig* gewählt. Nächtliche Vespafahrten kreuz und quer durch die Umgebung unserer Stadt. Vorbei auch an der hell erleuchteten Tankstelle Die Mädchen stehen nicht da. Haben sie sich, nachdem die Dunkelhaarige knapp einer üblen Erfahrung mit mir entgangen war, einen neuen Standplatz gesucht? Oder liegen sie bei Männern in Autos auf einem düsteren Parkplatz? Oder im roten Schummerlicht versiffter Studios, die nach Schweiß, Billigparfüm und Ejakulaten riechen? Und wieso erregt mich dieses Bild?

Ein paar Tage später, nach weiteren Briefwechseln, nehme ich meinen ganzen Mut zusammen und frage sie, ob ich sie zu einem Abendessen einladen dürfe. Ihre Zusage lässt mich fast in Ohnmacht fallen. Ich rufe an und schlage den *Sirenengesang* vor. Aber sie will in einem Gartenrestaurant essen. «An so einem schönen Abend wollen wir uns nicht einschließen, oder?»

«Du hast völlig recht.»

Ich versuche im Internet, einen Tisch im *Rosenpark* zu reservieren. Der *Rosenpark* ist ausgebucht. Am Telefon der *Seeburg* verkündet ein Anrufbeantworter, das Lokal sei ferienhalber geschlossen. Schließlich reserviere ich im *Schwanen* unten am See für Donnerstagabend zwanzig Uhr einen Zweiertisch.

«Wie angenehm», sagt sie, als sie sich mit zehn Minuten Verspätung an den Tisch tritt. Ich habe sie von weitem gesehen, aber gebe mich überrascht, als sie sich zu mir setzt. Sie trägt dasselbe lindengrüne Kleid, das mich schon Anfang März im *Sirenengesang* verrückt gemacht hatte.

«Es ist angenehm hier», wiederholt sie. «Hier spürt man eine leichte Brise vom See her. Das kühlt wenigstens ein bisschen ab.»

«Du siehst hinreißend aus. Unglaublich, wie gut dir dein Kleid steht.»

«Es erinnert mich an meine Italienferien. Dort habe ich es gekauft.»

Sofort tauchen Belmondos prahlerische Instagram-Beiträge vor mir auf. *Cléa, Positano, August 2021.* Der Eyjafjallajökull wirft erste Blasen. In seinem Innern beginnt es zu blubbern. Mühsam unterdrücke ich eine zynische Bemerkung, die sich vordrängen will. Cléa schaut mich direkt an und lässt die aufkommende Eruption meines Vulkans wieder abklingen.

Wir reden viel. Sie sei zu Fuß gekommen und habe das Fahrrad zu Hause gelassen, sagt sie und streift mir ihrer Hand die meine. Wenn sie Alkohol trinke, fahre sie nie Rad. Das sei ihr zu riskant. «Und weißt du, wenn sie dich betrunken auf dem Rad erwischen, nehmen sie dir auch den Führerschein weg.»

Aus ihr sprudeln die Worte heraus, während ich nachdenklicher bin. Ich sitze einer Frau gegenüber, die sich für mich interessiert. Menschlich interessiert, nicht professionell wie Doktor Schertenleib, Doktor Estragon und Frau Brosam. Das ist seltsam verstörend. Meinen professionellen Betreuern gegenüber habe ich stets eine Rolle gespielt. Die Rolle des geprügelten und traumatisierten Jungen, der deshalb auf die schiefe Bahn geriet, sich aber bemühen wird, ein geordnetes und unauffälliges Leben als System-Ingenieur zu führen.

Doch hier sitzt Cléa, kein Psychiater. Und Cléa will mich kennenlernen, keine schematische Darstellung von mir. Das verwirrt mich und lässt mich verlegen werden. Ich kann es nicht fassen, dass Cléa sich zu jemandem wie mir hingezogen fühlt, und gleichzeitig bin ich überzeugt, dass sie in mich verliebt ist. Wieso säße sie sonst hier in diesem lauschigen Gartenrestaurant mit den Metalltischen, den Klappstühlen auf dem Kiesboden, überschattet von Platanen und von einer mit Efeu umrankten Backsteinmauer von der Außenwelt abgeschirmt?

Cléa plaudert munter vom Tennis, von ihrem Urlaub auf Kreta, von einer Reise nach Island, die sie im Jahr zuvor, als man wieder reisen durfte, mit einer Freundin unternommen hat. Sie sagt, als Therapeutin sei sie der Covid-Impfung gegenüber skeptisch eingestellt. Die Impfstoffe seien ungenügend getestet worden, und ihre Spätfolgen seien noch nicht erforscht. «Die Impfung kam viel zu schnell auf den Markt. Normalerweise braucht ein neues Medikament Jahre, um die Genehmigung zu bekommen. Die Impfungen wurden in wenigen Monaten durchgewinkt. Ob sie wirken, weiß man nicht genau. Ich habe mehrere Patientinnen, die trotz zwei oder drei Impfungen Covid bekamen. Natürlich könnte man sagen, vielleicht wären sie ohne Impfung an der Krankheit gestorben. Aber das weiß man einfach nicht. Ich bin mir da, ehrlich gesagt, überhaupt nicht sicher.»

Ich hatte mir das alles nie überlegt, sondern mich einfach impfen lassen. Nebenwirkungen hatte ich nicht. Für Spätfolgen ist es zu früh. Ich wage mich sehr weit vor und nehme ihre Hand in meine. Sie wehrt sich nicht. Ich gehe hinaus auf die Toilette und schlucke eine blaue Pille. Ich bin auf alles gefasst und spüre eine innere Unruhe. An das Essen erinnere ich mich kaum. Ich denke, ich hatte Rindstatar und sie eine Gemüsequiche.

«Ich bin keine Vegetarierin», sagt sie. Das weiß ich, seit ich sie beobachtete, wie sie das Kalbskotelett zerteilte. «Aber ich esse wenig Fleisch.»

«Du darfst essen, was immer du magst, Cléa. Ich werde dir sicher nicht vorschreiben, was du zu essen hast.»

Die Wespen umschwirren uns wie toll. Vor allem mein Tatar macht sie verrückt. Eine fällt ins Weinglas. Ich fische sie mit dem Messer heraus.

«Ui, nicht vorzustellen, was geschehen wäre, wenn du sie verschluckt hättest.»

«Kein Problem. Ich habe ja meine Therapeutin dabei.»

«Bist du wenigstens nicht allergisch auf Wespen?»

«Nicht, dass ich wüsste.»

«Ich habe gelesen, dass dieser heiße Sommer die Wespenpopulationen besonders schnell wachsen lässt. Die Wespen brauchen deshalb mehr Nahrung. Die schwierigere Nahrungssuche macht sie aggressiv.»

Geplapper macht mich nervös, normalerweise. Nicht bei Cléa. Ich sauge ihre Worte auf wie flüssige Schokolade. Ich kann nicht genug davon bekommen. Wir haben Kaffee bestellt. Schwarze Wolken türmen sich auf. Der Himmel ist nur noch indirekt beleuchtet. Wolkenberge rasen heran, schieben sich vor den Mond. Im Moment, da wir bezahlen, kracht der erste Donner. Fast gleichzeitig hat es geblitzt.

«Wow! Das ist sehr nahe!», sagt Cléa.

«Soll ich ein Taxi rufen?»

Es werde mindestens zwanzig oder auch dreißig Minuten dauern, sagt eine gleichgültige Frau am Telefon. «Sie sind nicht die Einzigen, die jetzt ein Taxi brauchen.»

«Komm, wir gehen zu Fuß!» Cléa steht auf. Nimmt mich bei der Hand. Hand in Hand laufen wir vom See einen steilen Weg in die Stadt hoch. Als die ersten dicken Tropfen fallen, bleibt Cléa stehen. Winkelt zuerst das linke Bein an, dann das rechte. Zieht sich die Sandaletten aus.

«Warte!» Auch ich will barfuß laufen. Es regnet jetzt in Strömen. Wir rennen, die Schuhe in den Händen. Wir lachen, prusten. Im trockenen Rechteck unter einem Balkon bleiben wir stehen. Wir triefen. Wir schütteln uns wie junge Hunde. Lachen. Ich nehme sie in den Arm. Sie wehrt sich nicht. Sie ist etwa so groß wie ich. Ich brauche mich nicht herunterzubeugen wie einst bei Kathy. Ihr Mund ist kühl und feucht. Sie öffnet die Lippen.

Vor ihrer Haustür zögert sie nur kurz. «Möchtest du mit zu mir kommen? Aber bitte sei nicht zu streng. Ich habe heute die Wohnung nicht aufgeräumt.»

Welch eine Frage!

Ihre Wohnung wirkt nüchtern. Fast wie eine Möbelausstellung. Teuer, aber unpersönlich, außer dass sich einige Bücher auf dem Salontisch stapeln und eine Jacke über der Sofalehne hängt. Die Schuhe lassen wir im Entree stehen. Cléa geht durch eine Tür. Badezimmer, vermute ich. Kommt wieder heraus, sich die rotblonden Haare mit einem auberginefarbenen Frotteetuch trocknend.

Ein zweites Tuch wirft sie mir zu. «Ich werde gleich ein trockenes T-Shirt für dich holen. Wir dürften etwa die gleiche Größe haben.»

Ich bleibe im Wohnzimmer stehen. Sie geht durch die andere Tür, wahrscheinlich ins Schlafzimmer. Ich ziehe mein triefendes Hemd aus und hänge es im Bad über eine Stange. Sie bringt ein weißes T-Shirt. Selber hat sie sich eine Art Morgenmantel oder Hauskleid übergestreift, ein dunkelrotes, luftiges Kleidungsstück. Sie weist auf das Sofa. Ich setze mich. Ihr T-Shirt ist etwas zu eng. Macht nichts.

«Ich kam nach der Scheidung hierher», sagt Cléa entschuldigend. «Musste mir neue Möbel kaufen. Seither hatte ich keine Zeit, mich gemütlich einzurichten. TCM-Ausbildung. Vollzeitstelle, weißt du?»

Und Belmondo, denke ich und spüre für einen kurzen Moment Bitterkeit aufsteigen, die ich rasch unterdrücke.

«Ein Glas Rotwein?»

«Klar. Gern.»

Sie geht in die Küche. Ich stehe auf, lehne mich an den Küchentürrahmen, betrachte sie. Sie holt Gläser aus einem Schrank über der Spüle. In einem Gestell lagern ein paar Flaschen. Sie überlegt. Nimmt einen Wein aus der Maremma in die Hand. Den stellt sie auf ein Tablett, zusammen mit den bauchigen Gläsern. In einer Schublade findet sie den Korkenzieher. Sie drückt mir das Tablett in die Hand. «Mach du die Flasche auf! Ich habe nicht so viel Übung.»

Der Wein aus der Maremma ist zu jung. Aber das sage ich ihr nicht. Cléa setzt sich neben mich aufs Sofa, obwohl es daneben zwei Polsterstühle gibt. Wir stoßen schweigend an. Ich betrachte sie von der Seite. In ihrem Hauskleid kann man die Körperkonturen nur erahnen. Ihre graublauen Augen leuchten. Rund um die Nase blinken einige verstreute Sommersprossen. Im Ausschnitt des Kleides gibt es eine großzügigere Sammlung davon.

«Ich liebe deine Sommersprossen», sage ich. *Pars pro toto nennt man das in der Schule*, denke ich und lache innerlich. «Du siehst bezaubernd aus.»

«Danke.» Sie lehnt sich an mich. Ich streichle ihre rotblonden Locken. Sie sind feucht. Sie legt einen Arm um mich. Ich spüre ihre Wärme. Schweigend nippen wir an unseren Gläsern. Viel später erwache ich. Wir sind beide eingeschlafen. Ich berühre ihre Schulter. Sie blickt erstaunt, als ob sie sich nicht an die Situation erinnern könne.

Dann steht sie auf, nimmt mich bei der Hand. «Komm!»

Schweigend folge ich ihr ins Schlafzimmer. Ein breites Bett steht dort, das optisch von einem dunkelroten Perserteppich, der halb davor, halb darunter liegt, noch vergrößert wird. Der Teppich hat die Farbe des Vorhangs im *Sirenengesang*, vor dem ich jeweils donnerstags meine Kalbsleber esse außer heute, da wir im *Schwanen* am See unten waren. Der italienische Kellner im *Sirenengesang* wird sich gewundert haben, dass der Donnerstagsgast nicht erschienen ist. Aber ich verscheuche die banalen Gedanken und konzentriere mich auf Cléas Welt. Zwei Nachttischchen links und rechts. Ein Kleiderschrank. Sonst nichts.

Wir stehen neben dem Bett. Ich bin ein wenig verlegen. Sie zieht mir das T-Shirt über den Kopf. Dann öffnet sie meine Hose. Lässt ihr Kleid fallen. Steht in einem winzigen Höschen vor mir. Ihre entblößten Brüste sind kleiner, als ich sie mir vorgestellt hatte. Sie hat einen kleinen Bauchansatz.

Cléa schlägt die Decke zurück. Teilt mir mit einer knappen Handbewegung mit, dass ich unter die Decke schlüpfen soll. Legt sich zu mir. Ich spüre ihre Haut. Erkunde mit der Hand ihren Körper. Eine ekstatische Reise beginnt. Ihre Intensität raubt mir den Atem. Cléa ist wild, fordernd, dominant. Sie beißt. Sie schreit. Sie setzt sich auf mich. Sie gibt den Rhythmus vor. So etwas habe ich in meinen einundfünfzig Jahren noch nicht erlebt.

Am Morgen erinnert nichts an die Nacht. Cléa ist aufgestanden, kleidet sich an. «Ich bin zu spät. Mein erster Klient kommt in zehn Minuten. Ich kann ihn nicht zu lang warten lassen, sonst gerät der ganze Tag durcheinander. In der Küche findest du Haferflocken und Toast. Joghurt und Butter im Kühlschrank. Eine Kaffeemaschine. Die Kapseln sind in der Schublade darunter. Wirf den Schlüssel in den Briefkasten, wenn du hinausgehst!» Sie beugt sich über mich, küsst mich auf die Stirn. «Ciao, Lieber.»

Draußen geht die Wohnungstür auf und wieder zu. Verwirrt falle ich in einen dämmerigen Schlaf. Ich sitze in einem Flugzeug. Neben mir eine Frau. Cléa? Kathy? Franzi?

Vor mir und hinter mir unübersehbare Reihen von Passagieren. «Hier spricht Ihr Maître de Cabine. Bitte schnallen Sie sich an. Wir fliegen durch eine Gewitterzone», sagt eine Frauenstimme. Das Flugzeug wird heftig geschüttelt, wippt nach links und nach rechts, die Flügel flattern. Der Flieger sackt ab, kippt vornüber, stürzt ab. Immer schneller rast er auf die Erde zu. Die Frau neben mir klammert sich an mich, gräbt ihre Fingernägel tief in meinen Arm. Wir stürzen weiter, unter uns glitzert das Meer, wirft kleine Schaumkrönchen auf. Kurz vor dem Aufprall erwache ich. Ich schwitze.

Was verstehst du unter einem Date? schreibt Cléa.

Ich habe eins vorgeschlagen. *Ein Date nennt man das vereinbarte Treffen zweier Menschen, die einander nicht unsympathisch sind und erkunden wollen, ob es eventuell eine gemeinsame Zukunft gibt,* antworte ich.

Sehr schön formuliert, schreibt sie. *Einverstanden.*

Cléa will nicht essen gehen. *Lass uns nach der Arbeit auf der Terrasse des Grand Hotel Beau-Site einen Drink nehmen!*

Keine freien Tische auf der Terrasse. Ich warte vor dem prächtigen Hoteleingang unter einem Vordach auf sie, einer verschnörkelten Metallstruktur in Form eines großen Blattes mit farbigen Glaseinsätzen zwischen den metallenen Adern. Sie kommt mit zwanzigminütiger Verspätung. *Sorry, wurde noch aufgehalten*, hat sie im WhatsApp geschrieben.

Wir setzen uns im Park neben dem Hotel auf eine unbequeme Holzbank. Ich will den Arm um sie legen. Sie wehrt sich und rückt von mir ab.

«Cléa, was ist los?»

Sie schweigt.

«Cléa, bitte, sag mir, wieso du heute so seltsam bist!»

«Ich bin nicht seltsam. Erinnerst du dich, dass ich dir geschrieben habe, du sollest dich von mir fernhalten?»

«Ich erinnere mich.»

«Wieso hast du dich nicht daran gehalten?»

«Cléa, du weißt, wie viel du mir bedeutest.»

«Das bildest du dir nur ein. Im Übrigen bin ich nicht bereit für eine neue Beziehung.» Wir schweigen lange. Dann steht sie auf. «Ich muss jetzt gehen. Mach's gut!»

Um halb acht stehe ich beim Fahrradstellplatz vor Cléas Bürogebäude. Fünf Minuten vor acht kommt sie atemlos angeradelt.

Ich gehe auf sie zu. «Cléa, ich muss mit dir reden.»

«Nicht jetzt, ich habe in fünf Minuten den ersten Patienten.»

«Aber es ist wichtig.»

«Schreibe mir! Du schreibst doch so gern und so viel. Ich muss jetzt gehen.»

Ich halte sie am Arm fest. Ich hasse mich. Ich fühle mich jämmerlich. «Cléa, bitte!»

«Lass mich los!» Ihre Stimme wird laut und metallisch: «Lass! Mich! Los!»

Sie schüttelt mich ab, dreht sich um, geht auf die Haustüre zu. Ich schaue ihr nach.

Am Abend warte ich vor ihrem Wohnblock. Ich muss mit ihr reden, unbedingt. Stundenlang warte ich. Gegen zwanzig Uhr fährt das unförmige schwarze Auto vor. Parkt unweit von Cléas Hauseingang. Cléa steigt rechts aus, Belmondo links. Gemeinsam gehen sie auf das Haus zu. Ich rege mich nicht. Beobachte sie von fern.

Ich warte mindestens eine Stunde lang. Belmondo kommt heraus. Fährt ab. Ich klingle an Cléas Wohnungstür. Ich spüre, dass sie mich durch den Türspion beobachtet. Ich poltere gegen die Tür.

Das Handy vibriert in meiner Hosentasche. *Bitte geh! Sonst rufe ich die Polizei.* Alles kommt hoch. Kathy und ihr blutender Hinterkopf. Die Untersuchungshaft. Das Gerichtsverfahren. Frau Brosam. Die Verurteilung. Das Rayonverbot.

Ich gehe. Ich fühle mich jämmerlich. Und im Moment, da ich dies schreibe, denke ich: Jämmerlich *ist die Untertreibung des Jahres.*

In derselben Nacht wurde Belmondo verhaftet. Ich lese davon am Morgen in einem Newsportal. Auch Petronius und der Anwalt Zöchling kamen in Untersuchungshaft. Die drei werden nicht mit vollem Namen genannt, nur mit ihren Initialen. Dazu sind im Internet Porträts abgebildet, die mit schwarzen Balken über den Augen nicht wirklich unkenntlich gemacht worden sind. Vor allem Belmondos sorgfältig gestutzter Bart ist unverkennbar.

Das ist ein Wink des Schicksals, denke ich. Mein Rivale in der Gunst von Kathy und mein Rivale in der Gunst von Cléa sind gleichzeitig aus dem Verkehr gezogen, weggesperrt und für längere Zeit diskreditiert worden. Cléa wird jetzt zur Besinnung kommen und endlich akzeptieren, dass wir zusammengehören und nicht sie und dieser aufgebrezelte, zwielichtige Don Juan.

Meine Beobachtung im Luxushotel, als die drei im Raucherraum verschwanden wie Verschwörer, und die Schlüsse, die ich daraus zog, waren goldrichtig gewesen. Wenn die Informationen im Artikel heute Morgen zutreffen, gründete Zöchling Scheinfirmen mit vorgeschobenen Strohmännern. Diese kauften Miets- und Geschäftshäuser auf und verkauften sie wenig später zu höheren Preisen an die Treuhandgesellschaft, bei der Belmondo für die Liegenschaftenverwaltung zuständig war und Petronius für Finanzen und Controlling. Den Gewinn teilten die drei untereinander auf. *Der Schaden für die Treuhandgesellschaft dürfte sich auf einen zweistelligen Millionenbetrag belaufen, teilt die Staatsanwaltschaft mit,* heißt es im Bericht.

Und weshalb flog das lukrative Komplott auf? Petronius hatte offenbar seine Hosen nicht oben behalten können und mit der Frau eines dieser Strohmänner gepimpert. Dieser hatte sich gerächt, indem er vor der Staatsanwaltschaft alles ausgeplaudert hatte.

Bis zu einer rechtskräftigen Verurteilung gilt die Unschuldsvermutung, heißt es scheinheilig in der Nachricht unter den drei Köpfen mit Balken über den Augen. Petronius und Belmondo auf einen Streich eingebuchtet! Ich lächle. *Wie heißt das alte Sprichwort? Schadenfreude ist die schönste Freude.*

13

Heute wird Cléa durch den Wald laufen. Es ist Donnerstag. Jeden Donnerstag vor der Arbeit joggt sie oben am Berg.

Nachdem ich von der Verhaftung ihres Liebhabers gelesen hatte, schrieb ich ihr mehrere Nachrichten: *Cléa, wir gehören zusammen. – Cléa, es ist verrückt, aber ich kenne keine zwei anderen Menschen, die so gut harmonieren wie wir. – Cléa, erinnerst Du Dich daran, wie wir barfuß durch den Regen liefen, und wie wir uns unter einem Balkon küssten?* Ich habe gesehen, dass sie die Nachrichten gelesen hat. Geantwortet hat sie nicht.

Am frühen Morgen um halb sechs bin ich aufgestanden. Der Tag, der wieder heiß werden wird, ist noch frisch und unschuldig. Ich bin auf einem Schotterweg hinaufgefahren an den oberen Waldrand und habe meine Vespa im Gebüsch versteckt.

Der Morgen lässt sich erst erahnen. Ein diffuses, graues, an den Rändern rötlich schimmerndes Licht zeichnet die Landschaft weich. Die fließende Grenze zwischen dunkel und hell verspricht einen Tag der Entscheidung und kündigt Großes an. Ich stehe so, dass ich den Waldrand überblicke und niemand mich sehen kann. Viel weiter unten wird sie angeradelt kommen, wird ihr Fahrrad gegen einen Baum lehnen und abschließen. Danach wird sie über die Waldwege laufen. Hinauf zu der Stelle, wo ich sie empfangen werde. Ich werde sie ansprechen, ihr meine Liebe gestehen, sie bitten, mich nicht zu zerstören, meine Gefühle nicht zu zertreten.

Ich stelle mich in eine Biegung des Waldweges, wo man mich nicht schon von weitem sieht. Als ich knirschende Schritte höre, verstecke ich mich hinter einem Baum. Ein Hund rennt mir entgegen, kläfft mich an.

«Entschuldigung», sagt die ältere Frau, die eine Leine in der Hand hält und eine schwarze gestrickte Tasche umhängen hat. Sie trägt Wanderschuhe, Strümpfe, einen Rock, der bis unter die Knie reicht, und eine wattierte Jacke. Die wattierte Jacke irritiert mich. Es wird ein weiterer heißer Tag werden, wozu also diese winterliche Kleidung?

«Er beißt nicht. Gucci, ran!», befiehlt sie. Der Hund, klein, hellbraun, mit weißer Schnauze, weißen Ohren, weißen Pfoten, gehorcht nicht und kläfft.

«Gucci, ran!», ruft sie nochmals in schärferem Ton. Als er zu ihr rennt und sich an ihre Seite setzt, streichelt sie ihn. «Mein braver Babyboy!» Sie kramt aus ihrer Tasche ein Wurstrădchen hervor und hält es ihm hin. Gucci schnappt es und verschlingt es gierig. Sie nimmt ihn an die Leine. «Guten Tag noch!»

«Wiedersehen», antworte ich und warte darauf, dass sie sich endlich entfernt.

Lang, viel zu lang stehe ich allein unter den Bäumen an der Kieswegbiegung und halte angestrengt nach weiteren Spaziergängerinnen Ausschau. Es ist der Wald, in dem Balthasar zustach. Das soll kein Omen sein.

Wenn Cléa zu mir zurückkommt, werde ich mir Arbeit suchen. Ich will sie ins Restaurant einladen. Der *Sirenengesang* wird unser gemeinsames Lokal werden. Jede Woche werden wir dort essen. Der Italiener wird uns mit Hochachtung überschütten, und Manolis Kakogiannis wird sich uns händereibend nähern und unverbindliche Gespräche führen wollen.

Zu Konzerten, ins Theater, ins Kino will ich Cléa einladen. Und in den Urlaub nach Mykonos oder auf die Malediven oder die Seychellen. Ich habe Fotografien gesehen von Palmen, leuchtenden Häuschen und Kirchen, weißen Sandstränden und tiefblauem Meer. Von glücklichen, schönen Menschen, die sich im Sonnenuntergang mit farbigen Getränken zuprosten, aus denen Trinkhalme ragen. Von Touristen in Badekleidern auf Booten, die hinter sich eine weiße Schaumspur aufwerfen.

In zehn Tagen wird sie neununddreißig. Mariä Himmelfahrt, 15. August. *Alles wird gut, Cléa! Wir werden ein schönes Paar sein. Ich werde mir Mühe geben, werde meine Gewohnheiten ablegen, werde mich elegant kleiden wie du, mich jeden Tag duschen und rasieren. Und du darfst ein teures Herrenparfüm für mich aussuchen und ein neues Jackett oder vielleicht sogar einen Anzug. Ich werde ein aufmerksamer und liebevoller Mann sein. Ich verspreche es. Ich kann das. Ja, wirklich, das kann ich. Und ich bin dazu bereit.*

Ich höre knirschende Laufschritte. Stelle mich in die Mitte des Weges. Cléa erschrickt. Versucht, mir auszuweichen.

Ihr Erschrecken beleidigt mich. Ich halte sie am Arm fest. «Cléa, wir müssen reden.»

«Wir müssen gar nichts. Lass mich los!»

Ich verstärke meinen Griff mit der Rechten. Mit der Linken ziehe ich sie an mich. Das dunkelhaarige Mädchen von der Tankstelle kommt mir in den Sinn. Diesmal werde ich nicht nachgeben. Bei Cléa geht es um alles. «Cléa. Ich liebe dich. Du bist die Liebe meines Lebens.»

«Ich habe dir gesagt, dass aus uns nichts wird. Wieso verstehst du das nicht? Verdammt! Lass mich endlich los!»

«Ich will dich nicht verlieren.»

«Lass mich los, oder ich schreie!»

Sie versucht, sich loszureißen. Ich halte sie fest. Im Gerangel fallen wir beide, ich auf sie. Ich presse sie mit meinem ganzen Körpergewicht auf den Waldboden, versuche, sie zu küssen. Sie schreit und keucht. Meine Hände greifen nach ihrem Hals. Sie windet sich. Zuckt. Bäumt sich unter mir auf. Versucht, mich zu beißen. Ich bin stärker. Ich drücke zu.

Um halb acht Uhr abends bin ich wie jeden Donnerstag im *Sirenengesang* und warte auf die Kalbsleber. Wahrscheinlich ist es das letzte Mal für viele Jahre oder für immer, dass ich hier sitze und zelebrieren kann, was zum wöchentlichen Ritual geworden ist. Umso mehr werde ich mein Abendessen genießen.

Der italienische Kellner hat eine neue Frisur. Seine Haare sind nun viel kürzer, zu kurz für einen Haarknoten. Das ist im Hochsommer praktischer. Die Serviererin vom Balkan ist nicht hier, wahrscheinlich im Urlaub im Kosovo oder in Slowenien.

Dafür eine junge Aushilfe mit Tätowierungen auf den Armen, die mich an die nackte Kathy erinnern. Sie studiere Kunstgeschichte, sagt sie. Kellnern sei ihr Ferienjob. Vom Mittag bis Mitternacht auf den Beinen, mit drei Stunden Pause am Nachmittag. Neun Stunden laufen, Tabletts tragen, immer unter Druck, das sei hart. Sie schreibt Bestellungen auf einen Notizblock. Der italienische Kellner behält die Bestellungen im Kopf. Er ist ein Profi. Die junge Frau bringt eine Flasche Riesling. Sie gefällt mir. Sie schenkt einen Schluck ein zum Probieren. Der Wein ist kalt und fruchtig. Die Frau heißt Noëmi, wie sie mir verrät. Sie füllt mein Glas. Ich bin glücklich. Vielleicht sollte ich sie an einem ihrer freien Abende zum Essen einladen.

Ob Kathy weiterhin mit Petronius geschlafen hat bis zu seiner Verhaftung? Ob Petronius sogar in Kathys Wohnung festgenommen worden ist und sie dem Polizeieinsatz ungläubig zuschaute? Die Dunkelhaarige von der Tankstelle und ihre erschrockene Miene, als ich sie in der Waldlichtung aufforderte, von meiner Vespa zu steigen, geistert durch meine Gedanken. Von tief unten taucht Susy auf. Und Franzi, die sich wohlig an mich schmiegt und unter mir stöhnt.

Cléa gehört mir jetzt für immer. Niemand wird sie mir wegnehmen. Belmondo nicht und auch kein anderer. Natürlich werden sie mich verhaften. Ich werde keine eitlen Dummheiten begehen wie Balthasar. Aber sobald sie Cléa gefunden und ihre Mail- und WhatsApp-Nachrichten durchforscht haben, werden sie auf mich stoßen.

Ich habe Cléa auf den Waldboden gebettet. Hinter einen bemoosten Baumstrunk habe ich sie gelegt. Sie war ganz leicht und trotz ihrer Joggingkleider schön wie eine Fee. Fast schwebte sie. Ich stellte sie mir im lindengrünen Seidenkleid vor. Man sieht sie nicht vom Weg aus. Ich habe sie mit Zweigen und Laub zugedeckt. Habe sie ein letztes Mal auf die Stirn geküsst. Wunderschön ist sie. Ihre Sommersprossen um die Nase leuchten in der Morgensonne. Wenn ich an die Fortsetzung denke, trübt sich meine Stimmung. Ein Hund wird sie erschnüffeln. Oder Kinder, die sich beim Versteckspiel hinter den Baumstrunk ducken, werden sie entdecken und laut schreien.

Ich habe Spuren hinterlassen, im Wald und im virtuellen Universum. Diesmal werde ich keine bedingte Gefängnisstrafe bekommen. Frau Brosam wird nichts schönreden können. Vielleicht wird sie erreichen, dass ich nur zu fünfzehn Jahren verurteilt werde statt zu lebenslanger Haft. Sie wird das Gericht dazu bewegen, keine Verwahrung auszusprechen. Sie ist eine gewiefte Strafverteidigerin, Eleonora Brosam. Mit allen Wassern gewaschen. Fast könnte ich mich in sie verlieben, wenn sie nicht diesen harten Zug im Gesicht hätte.

Manolis setzt das junge Paar an einen Zweiertisch in der Mitte des Lokals. Die Frau trägt blütenweiße Jeans, goldene

Stilettos und ein goldenes, ärmelloses Top. Ihre Haare sind schwarz gefärbt. Der Mann trägt weiße Shorts, mehrfarbige Turnschuhe und ein rotes Polohemd. Nicht sehr stilvoll, finde ich.

Vielleicht werde ich das Paar beobachten, wenn es aus dem Restaurant tritt. Werde den beiden diskret folgen, werde herausfinden, ob sie zusammenleben oder ob die Frau eine eigene Wohnung hat. Dann werde ich mich abends gegenüber ihrer Haustüre aufstellen und den Eingang beobachten. Oder ich fahre hinauf in den Wald und besuche Cléa ein letztes Mal, bevor man sie findet. Ich habe die Wahl.

Ich trinke meinen Merlot und esse mit Appetit die Leber und die Röstkartoffeln. Danach bestelle ich ausnahmsweise ein Dessert, Pannacotta mit Aprikosenpüree. Ich liebe reife Aprikosen.

Nach dem Kaffee bitte ich Noëmi, mir einen zweiten Grappa zu bringen. Als sie diesen vor mich hinstellt, ziehe ich sie zu mir hinab und flüstere ihr eine Frage ins Ohr, die die anderen Gäste nicht hören sollen. «Darf ich dich an deinem freien Abend ins Kino oder zum Essen einladen?»

ENDE

Dank

Doro Engels, verdanke ich die Idee und die Inspiration zu diesem Buch. Ohne Dich, liebe Doro, gäbe es meinen ersten Kriminalroman nicht. Für die kritische Lektüre des Manuskripts und wertvolle Anmerkungen bin ich Helena Galanakis, Angelica Tschachtli, Christiane Zaunmair und meinem Bruder Toby Vogel dankbar. Ihr habt aus mir einen besseren Menschen und aus dem «Sirenengesang» ein besseres Buch gemacht. Ich liebe Euch alle!

Zu größtem Dank verpflichtet bin ich meinem Verleger Gabriel Palacios. Er ist erneut das Risiko eingegangen, einen meiner Romane zu publizieren. Der Crew des Cameo-Verlags Bern – Rafael Schlegel, André de Carvalho, Alex Städelin, Kevin Brunner und dem Repräsentanten Joe Fuchs – danke ich für die unermüdliche Unterstützung, für Cover, Satz, Aufmachung, für Marketing, Werbung und Verkauf. Susanne Schulten schließlich hat das Manuskript wie immer mit Sorgfalt, Sachverstand und Einfühlungsvermögen lektoriert. Ich hoffe, ich habe Ihnen nicht zu viel Mühe bereitet, liebe Frau Schulten.

Anmerkung

Das Zitat von Leonard Cohen am Anfang des Romans stammt aus seinem «Buch der Sehnsüchte» (Originaltitel «Book of Longing»). © Blumenbar Verlag GmbH & Co. KG.

Sommer 1984. In Genf trifft sich eine große Sippe zur Feier eines siebzigsten Hochzeitstages. Kinder und Enkel sind aus der Waadt, dem Wallis, aus Bern, Luzern, Baden und der Ostschweiz, aus Frankreich und Schottland angereist. Man speist miteinander, gerät ins Erzählen – und je weiter der Tag fortschreitet, umso mehr gut gehütete Geheimnisse kommen ans Tageslicht.

Artur Kilian Vogel – Gnadenhochzeit

Cameo, Klappenbroschur, 336 Seiten
ISBN: 978-3-03951-006-1

Nach fünfzehn Jahren hat ihn seine Freundin Sidonie verlassen. Strittmatter sitzt an einem Novemberabend des Jahres 2013 nach Redaktionsschluss allein in den abgedunkelten Räumen der Zeitung, deren Chefredaktor er ist. Am selben Tag ist seine berufliche Existenz zerstört worden: Der Verlag wird das Blatt nach 181 Jahren einstellen, weil es nicht mehr rentiert. Strittmatter, fast 63 Jahre alt, fühlt sich wie ein Hund, den man am ersten Urlaubstag am Strassenrand ausgesetzt hat.

Artur Kilian Vogel –
Der Zeitungsmann, dem die Sprache verloren ging
Cameo, Hardcover, 350 Seiten
ISBN: 978-3-906287-87-4